Die Königin schläft

Ingvar Ambjörnsen

Die Königin schläft

Roman

Aus dem Norwegischen
von Gabriele Haefs

Scherz

Wir danken der NORLA für die Unterstützung
der Übersetzung aus dem Norwegischen.

Die Originalausgabe erschien unter dem Titel
«Dronningen Sover» bei Cappelens Forlag, Oslo

Erste Auflage 2002

www.scherzverlag.ch

– I –

Sie weiß nicht, was ich mache. Hat einfach keine Ahnung. Sie glaubt vielleicht, ich sei mit meinen Briefmarken beschäftigt. Mit Zacken zählen und Wasserzeichen studieren. Es ist fast zum Lachen. Denn nichts liegt mir ferner. Das mit den Briefmarken ist ein abgeschlossenes Kapitel, wenn ich das so ausdrücken darf. Ich kann ihren Anblick nicht mehr ertragen. Die Philatelie war für mich viele Jahre hindurch ein geliebtes Steckenpferd, aber jetzt ist Schluss damit. Ich habe Alben und Kartons ganz hinten in einen Abstellraum geschoben.

Nein, ich denke einfach nur ein wenig über die Liebe nach. Und mache mir außerdem in meinem Laptop ein paar Notizen. Und ich trinke. Vor allem Whisky. Und ein paar Bier nach dem Aufstehen. Das mit dem Alkohol weiß sie natürlich. Sie weiß, dass ich trinke, so wie ich weiß, dass sie trinkt. Aber dass ich hier Abend für Abend sitze und mich mit der Liebe beschäftige, das ist wohl ein Umstand, der sie verblüffen würde.

Und ich habe durchaus nicht vor, sie zu verblüffen. In keiner Hinsicht. Ich verstecke die Diskette in meiner Brusttasche und sage kein Wort. Nicht ein einziges Wort.

Es ist Herbst. Wir schreiben schon Oktober. Ich habe das Fenster auf Kipp gestellt und der säuerliche Duft von Fallobst und feuchtem Laub strömt herein. Der Garten ist in Dunkel gehüllt. Weiter hinten sehe ich die Lichter der Küstenstraße, die sich am schwarzen Fjord entlangzieht. Ab und zu höre ich ein Auto, das weiter im Inneren der Bucht zum Ort oder aus dem Ort unterwegs ist; Gummireifen auf feuchtem Asphalt. Den ganzen Tag habe ich vom Leuchtturm draußen im Meer das Nebelhorn hören können, doch jetzt ist dieser klagende Ton endlich verstummt. Wir haben Glück gehabt, als wir uns dieses Haus gekauft haben. Gut, wir hatten auch Geld genug in einer Zeit mit niedrigen Preisen. Wir hatten die Wahl. Trotzdem hätten wir es schlechter treffen können. Dieses Haus kommt mir gewissermaßen richtig vor, und ich weiß, dass Grete das auch so sieht. Hier haben wir Licht und Luft, trotz der Küstenstraße auf der einen und der Eisenbahn auf der anderen Seite. Das Geräusch des spärlichen Verkehrs wirkt auf mich beruhigend. Ich fühle mich nicht so einsam, wenn ich höre, wie alle diese Menschen dauernd von einem Ort zum anderen unterwegs sind.

Und bei Grete ist es so, dass sie besser schreibt, wenn es eine Geräuschkulisse gibt, sie hat die Stille noch nie ertragen können. Und hier sitzen wir nun, ich hier, sie dort, in einem an die hundert Jahre alten Haus im Schweizer Chaletstil, und befassen uns mit der Liebe. Oder mit ihrem Zerrbild. Ich bin mir da nicht sicher. Wir sitzen da und trinken und träumen. Wenn der Alkohol uns irgendwann in der Nacht in die Bewusstlosigkeit zu holen droht, verziehen wir uns in unsere Einzelzimmer. Ich liebe sie, aber vom ersten Stock herunter. Und ich glaube im Grunde, dass sie mich liebt. Da unten im Erdgeschoss.

Sie war wie eine Offenbarung, wenn ich mich ein wenig schwülstig ausdrücken darf. Oder, um noch eins draufzulegen und doch bei der Wahrheit zu bleiben: Sie rauschte unter vollen Segeln in mein Leben. Naja. Ich sehe ja selbst, wie ich von den Klischees beeinflusst bin, die sie zur Millionärin gemacht haben. Aber trotzdem – als ich Grete Reim zum ersten Mal sah, war mir auf fast mystische Weise klar, dass ich vor einem Wendepunkt in meinem Leben stand.

Es war ganz kurz nach dem Johannistag. 1959. Ich war zweiundzwanzig Jahre alt. Zusammen mit zwei Kollegen aus der Bank hatte ich für eine Woche unten bei Nevlunghavn ein kleines Ferienhaus gemietet. Keine großartigen Sommerferien, würden wir heute wohl denken. Aber damals waren wir jung und ehrgeizig und es waren gute Zeiten. Denen, die «es zu etwas bringen wollten» (wie man damals sagte), standen alle Möglichkeiten offen. Eine Woche Sommerferien – mehr verlangte niemand. Die Arbeit wartete. Wir sollten das Haus, das die Nazis in Schutt und Asche gelegt hatten, schließlich wieder aufbauen.

Aber genug davon. Zurück zu jenem Samstag. Ein glühender Sommerabend. Wir hatten frische kleine Makrelen gegessen, die wir uns morgens am Landesteg gekauft hatten. Wir waren sonnenverbrannt und satt und nach ein paar Drinks auf der Veranda vielleicht ein wenig aufgekratzt. Gegen sechs sollte am Hafen Tanz sein, und natürlich gingen wir hin. Wir waren drei junge Männer, wir waren in unserem besten Alter, und bisher hatte keiner von uns Anker geworfen.

Ich kann mich an die Veranstaltung selbst nicht mehr erinnern, und das kann ja auch egal sein. Aber in der Dämmerung, in dem Moment, als die Sommernacht sich über den Fjord und die weiter draußen gelegenen Inselchen senkte, entdeckten wir das große Segelboot, das vom Meer her auf uns zusteuerte. Dieser Anblick war an sich nichts Besonderes. Boote kamen und Boote gingen. Es ist wohl eher so, dass ich diesem Bild im Nachhinein eine größere Bedeutung beimesse, als es in Wirklichkeit hatte. Aber auf jeden Fall war es ein großes, prachtvolles Boot, und ich meine mich noch an das Knattern der Segel erinnern zu können, als es an die Mole bei der Fischfabrik glitt.

Und dort, ganz vorn am Bug, stand Grete Reim. Mit wehenden blonden Haaren wie eine Galionsfigur aus Fleisch und Blut. Sie war die schönste Frau, die ich je gesehen hatte.

Und hier kommt sie doch tatsächlich wieder angesegelt. Ich sehe sie, als ich mir Feuer gebe, ich sehe sie über der Flamme. Erst halb versteckt durch den Rhododendron unten am Zaun, dann in ihrer ganzen Pracht und mit wehenden hellen Gewändern in der herbstlichen Dunkelheit. Sie steht dort unten und hält sich an den grünen ledrigen Blättern fest. Redet ein wenig mit sich selbst, so wie ich sie kenne. Ein paar beruhigende Worte, ehe sie die Überquerung der düstren Gartenfläche antritt. Ganz ruhig jetzt, Grete. Das hast du schon häufiger geschafft. So ähnlich. Sie kehrt zurück von ihrer Busenfreundin, Elisabeth Hansson mit zwei s. Der Kapitänsfrau im Nachbarhaus. Der Frau mit den Krampfadern, den schlechten Nerven und dem Mann weit draußen auf den blauen Wogen. Die wartet und mit sich selbst Sherry trinkt. Oder mit meiner Frau, wenn sich das so ergibt. Nur verhält es sich mit Grete so, dass Sherry nicht mehr anschlägt. Sie spielt schon lange nicht mehr mit Puppen. Deshalb wird, wer suchet, eine Flasche mit klarem Schnaps finden, irgendwo am Weg, der auf das Nachbargrundstück führt. Dort steht sie in einsamer Majestät bei Sonne und Regen, und das wird sich niemals ändern. Wenn eine Flasche leer ist, wird sie durch eine volle ersetzt. Auf diese Weise erhält das Leben eine gewisse Kontinuität. Ein großer Schluck direkt aus der Flasche, nein, zwei. So bezwingt meine Frau die Grenzen. In sich selbst oder ganz einfach zwischen zwei Grundstücken mit Fjordblick. Ich trinke ihrer Gestalt dort unten in dem dunklen Garten zu. Flüstere ein fast lautloses «Prost» und lasse den braunen Schnaps durch meine Gurgel gleiten. Und dann ist Tiger zur Stelle. Lautlos neben mir auf dem Schreibtisch.

Er hat den Sprung vom Bücherregal herüber gewagt. Er mustert mich forschend, dann streckt er sich und setzt sich auf die Fensterbank. Und jetzt sind wir zwei, die hier sitzen und auf das Elend draußen blicken. Plötzlich lässt der Wind Regentropfen gegen die Fensterscheibe prasseln – sie wird jetzt loslassen müssen. Grete Reim ist keine, die sich die Frisur ruinieren lässt, nicht einmal, wenn die Promille in ihrem Blut pochen. Sie spielt gern die Rolle der eleganten Dame. Und ich kann sie verstehen. Ich glaube, sie macht das Richtige. Denn wenn sie die letzten Reste von Stolz über Bord wirft, dann hätte sie damit auch den Boden aus dem Schiff gesprengt. Dann geht sie mit schläfrigem Grunzen unter. Sie nimmt Rücksicht. Sie weiß, dass mein eigener Schiffbruch mir genügt.

Jetzt lässt sie los! Tiger und ich behalten sie genau im Auge. Zuerst einen Schritt gen Norden, dann einen Schritt gen Süden. Ihr Kleid weht im Wind, und jetzt bricht der Regen wirklich los, jetzt kommt der Wolkenbruch, sie läuft in einem schwachen Bogen durch den Garten, es sind kurze Schritte mit betäubten Füßen, den Oberkörper vorgebeugt, die Arme seitwärts ausgestreckt, weiße Wimpel in der Dunkelheit. Es kann gut gehen, es kann sehr gut gehen, aber nein! Sie streift ganz leicht den Johannisbeerstrauch, und das bringt sie aus dem Gleichgewicht; das reicht schon aus, wenn die Uhr elf zeigt und der Rausch ansteigt, und da haben wir den Goldfischteich mit dem kleinen Pinkelheinrich aus Beton, da hilft alles nichts, sie wollte diesen Teich unbedingt dort anlegen, jetzt holt sie diese Entscheidung mit torkelnden Schritten ein. Und mit hochhackigen Schuhen landet sie im grünen Schleim der uns weggestorbenen Fische, rutscht aus, kippt um, ihre Beine liegen in der Spinatsuppe und ihr schwerer, breiter Körper auf dem Rasen.

Nun heißt es ruhig Blut bewahren. Denn das hier haben wir im Kurs gelernt. Das war sogar in Verbindung mit ihrem ersten und einzigen Klinikaufenthalt. Damals, als ich noch die Kontrolle hatte oder zumindest die Fähigkeit, mir das einzubilden. Auf jeden Fall war mir die Rolle des Verantwortungsbewussten in unserer Beziehung übertragen worden. Nicht ich war in elendem Zustand in einem Hotelzimmer in Hønefoss aufgefunden worden. Ich trat in dieser Klinik ebenso verlegen und verzweifelt wie vielleicht ein Dutzend anderer Ehepartner beiderlei Geschlechts an. Wir waren alle nicht mehr die Jüngsten, wir gehörten einer Generation an, der es nicht leicht fiel, sich über alles Mögliche «auszusprechen», und wir hatten auch nicht vor, uns daran zu gewöhnen. Die ganze Veranstaltung fiel für uns allesamt ausgesprochen peinlich aus. Kranke und Angehörige wurden wie eine Bande von etwas begriffsstutzigen Kindern behandelt, und wir, die also die Verantwortlichen sein sollten, mussten uns sagen lassen, wir könnten *nie* im Leben einen Alkoholiker daran hindern, sich Alkohol zu besorgen. Ich weiß noch, wie ich mit dem Lachen kämpfte, meine Güte, welche Sensation für Menschen, die teilweise seit Jahrzehnten mit Trinkern zusammenlebten! Außerdem verfügte ich ja über breite Erfahrung im Befriedigen eigener Bedürfnisse. Das Einzige, was ich von diesem Seminar für Angehörige mitbrachte, war, nie mehr hinter sturzbetrunkenen Partnerinnen herzulaufen, um Stürze oder Verletzungen zu verhindern. «Das hat keinen Zweck», sagte der Therapeut. «Sie nehmen damit Ihrem Partner die Verantwortung für sein Leben, während Sie sich Ihr eigenes ruinieren. Mehr kommt dabei nicht heraus.»

Also schenkte ich mir noch einen soliden Whisky ein. Fast einen Dreifachen. Ich steckte mir eine neue Zigarette an und kraulte Tiger hinter dem rechten Ohr. Unten im Gras hatte meine Frau jetzt den Autopiloten eingeschaltet und steuerte konzentriert über den Rasen auf Haus und Verandatreppe zu. Auf den Knien.

Großer Gott! Großer Gott im hohen Himmel! Blicke in Gnaden auf uns herab, die wir hier unten auf Erden umherkriechen! Die auf bloßen Knien oder auf Knien bedeckt von triefnasser Seide zu tausend Kronen den Meter umherkriechen! Wir würden so gern aufrecht und pfeifend durch den Garten gehen.

Der Regen wird immer noch stärker. Er kommt mir fast vor wie ein Wasserfall. Es ist so ein Regen, der die Blätter von den Bäumen schlägt und Frauen, die auf Knien im Gras liegen, den Kleiderstoff in die Haut presst.

Tiger jammert.

«Aber du kannst dir doch denken, dass ich sie holen gehe», sagte ich.

Was leichter gesagt ist als getan, natürlich. Whisky ist ein komischer Stoff. Hier sitzen wir, ganz klar im Kopf, ganz klar. Aber wenn wir aufstehen, kommen uns die Wände entgegen. Das geht vorbei. Das weiß ich. Nur noch zwei, drei Gläser, dann legt es sich. Ich trinke trotz allem nach einem Muster, bei dem um drei Uhr Schluss ist. Das ist heute nicht anders als an jedem anderen Abend. Aber es ist jetzt erst elf und die Treppe steil. Schrecklich steil. Ich werde mich gegen das Geländer lehnen und mich in die Dunkelheit hinabsinken lassen müssen. Der Kater kommt hinterher, maunzend wie ein eifriger Sekundant.

Ich reiße die Verandatür auf. Die Regentropfen prasseln wie Hagelkörner auf die Treppenstufen. Sie steht jetzt kurz vor dem Aufgeben, das kann ich sehen. Ihr Kopf hängt zwischen den kräftigen Schultern, sie vertieft sich in den Anblick der Grashalme, und sie bebt am ganzen Leib. Sie ist wie eine Botin von der Front. Sie hat den weiten Weg von Flandern zu Fuß zurückgelegt und jetzt kann sie nicht mehr. Viel zu melden hat sie auch nicht. Nur Tod und Blödsinn.

Innerhalb weniger Sekunden bin ich bis auf die Haut durchnässt. Packe sie unter den Armen und will sie ins Stehen hochziehen, in die Anständigkeit. Und höre das Knacken, ehe ich das Messer zwischen meinen Rückenwirbeln spüre.

Dann knien wir gemeinsam. Wir knien vor unserem Zuhause und von der offenen Verandatür her betrachtet uns ein getigerter Kater.

Sie fragt, ob ich sie liebe. Ich verstehe so gut, was sie vor sich hinnuschelt, ich habe schon längst gelernt, ihre Sprache zu deuten, wenn sie auf dieser Frequenz sendet.

«Ja», sage ich. «Ich liebe dich. Du bist meine Taube. Aber ich habe mir gerade das Rückgrat gebrochen, und deshalb glaube ich, dass wir beide ein Glas brauchen könnten.»

Und wir lachen ein bisschen. Wie sollten wir sonst auch überleben.

– 2 –

Ich hätte niemals gedacht, dass aus uns beiden ein Paar werden könnte. Ich war ein etwas schüchterner junger Mann, während sie sofort zum Mittelpunkt jeder Versammlung wurde. Alles, was sie sagte oder tat, geschah mit einer natürlichen Autorität. Sie fiel einfach auf. War intelligent, beredt und schön. Sie war der Traum vieler Männer.

Und da standen wir. Auf der Mole, an jenem Sommerabend im Jahre 1959. Karl, Einar und ich. Und vom Fjord her kamen Grete Reim und Mannschaft. So zu denken schien ganz selbstverständlich. Dass die anderen jungen Leute, die jetzt eifrig die Segel einholten und den großen Segler an eine freie Stelle bugsierten, ihre Mannschaft waren. Sie selbst rührte keinen Finger, sie stand einfach da und sonnte sich in ihrer eigenen Schönheit. Braun wie eine Spanierin, aber mit blonden Locken, in denen der Wind, der Glückliche, ein wenig spielen durfte. Sie lächelte. Karl, der Mutigste unter uns, hob eine Hand zum Gruß. Und sie winkte eifrig zurück.

«Kennst du sie?», fragte Einar verblüfft.

«Nein», antwortete Karl. «Aber das würde ich gern ändern. Oder was meinst du, Astor?»

Ich meinte in diesem Moment rein gar nichts. Ich schwieg.

Karl rannte los und fing die an Land geworfene Trosse auf. Danach half er beim Vertäuen des Bootes.

Und so fing alles an. Einar und ich näherten uns vorsichtig, es wurde über Wind und Wetter geplaudert – im wahrsten Sinne des Wortes. Sie waren vier Jungen und drei Mädchen – nette Leute, auch wenn sie auf der gesellschaftlichen Rangleiter einige Sprossen über uns standen. Sie zeigten jedenfalls nicht diese entsetzlichen Vornehmheitsgrillen, die einzelne ihrer Stammesgenossen sich zugelegt hatten. Ich hatte davon mehr als genug mitbekommen, als ich einen ganzen Pubertätssommer mit Verwandten auf der Insel Hvasser verbracht hatte. Dem Tummelplatz des Segleradels von Blommenholm und Bygdø, der alle anderen für Negersklaven hielt.

Ich konnte meine Blicke nicht von ihr losreißen. Das Ganze wurde wirklich ein wenig peinlich, denn ich war nicht der einzige Kater, dem es so erging. Es war vor allem deshalb peinlich, weil sie offenbar mit einem der Jungen an Bord zusammen war. Einem großen, gut aussehenden Burschen mit dunklen Locken und Adlernase. Er hieß Niels Kristian Gudvangen und wurde allgemein NK genannt. Später schaffte er noch eine Runde im Diplomatenkorps, ehe er bei Paris durch einen Autounfall ums Leben kam. Friede seiner Seele. Er war nicht von der eifersüchtigen Sorte, eher schien er sich über die viele Aufmerksamkeit, die Grete zuteil wurde, ein wenig zu amüsieren. Seine dunklen Augen funkelten ironisch, und ich versuchte mehr als einmal, dieses Funkeln nachzuahmen, als ich später an seine Stelle trat. Erfolglos, sollte ich wohl hinzufügen.

Grete Reim war an diesem Abend überall. Mal hing sie an diesem Arm, mal an jenem. Ja, auch an meinem. Trotzdem betrieb sie keine Form von Leichtgewichts-Flirt. So war sie nicht. Wenn ich daran zurückdenke, was damals, vor so vielen Jahren, passiert ist, dann kann ich mir ihr Verhalten nur damit erklären, dass sie einfach auf Menschen Appetit hatte. Sie wollte wissen, wer wir waren, woher wir kamen, was unsere Eltern machten. Sie kam mir in all ihrer Neugier ein wenig naiv vor, aber das ließ mich in ihren Händen erst recht wachsweich werden.

Ich hatte nicht das Gefühl, sonderlich viel zu sagen zu haben, das weiß ich noch. Dass ich Astor Eriksen hieß, gut. Ich war in der Oscarsgate in Frogner aufgewachsen, aber da war ich nun wirklich nicht der Einzige. Während sie fragte und bohrte, empfand ich – ich glaube, zum ersten Mal in meinem

Leben – einen verzweifelten Mangel an Identität. Dass ich keine Substanz hätte. Dass ich mich durch mein Leben treiben ließe, ohne einen Charakter zu entwickeln. Ja, und dann war da die Sache mit meiner Kindheit in der Oscarsgate … Kindheit? Plötzlich ging mir auf, dass ich keine Kindheit gehabt hatte, weder in der Oscarsgate noch anderswo. Dass ich ganz still auf einem Stuhl in meinem Kinderzimmer gesessen und darauf gewartet hatte, erwachsen zu werden. Und genau das passierte jetzt. Drei Jahre, nachdem ich eine feste Stelle bei der Bank gefunden hatte, noch immer mit dem Schlüssel zu meinem Kinderzimmer in der Tasche, wurde ich erwachsen. Ich hörte mich über diese Stelle erzählen, die ich zu meinem Glück bekommen hatte, und … nein, im Grunde gab es nicht mehr zu sagen. Ich arbeitete in einer Bank und wohnte noch bei meinen Eltern. Ob es mir gut ging? Was war das denn für eine Frage? Sie war so ganz anders als die jungen Frauen, die ich bisher kennen gelernt hatte.

Und ich dachte, nein, es geht mir nicht gut. Dieser Gedanke kam ganz plötzlich und unerwartet, sobald sie diese Frage gestellt hatte. Ich sah mich den Weg einschlagen, den meine Eltern und andere vor mir ausgetreten hatten. Der Posten in der Bank war schon in Ordnung, ich konnte gut mit Zahlen umgehen. Aber jetzt ging mir auf, dass ich mich in gewisser Hinsicht bereits zur Ruhe gesetzt hatte. Dass ich mich niemals nach höheren Zielen gestreckt hatte. Dass ich mich mit Tagträumen begnügt hatte, die sich dann zu Wünschen entwickeln durften. Ich hatte mir einen Lebensrhythmus zugelegt, der dem meines Vaters zum Verwechseln ähnelte. Wir kamen gleichzeitig von der Arbeit nach Hause. Wir aßen das, was meine Mutter uns vorsetzte. Ich machte sogar schon nach dem Essen ein Nickerchen. Ab und zu sprach ich halbherzig darüber, mir eine eigene Wohnung zu suchen, aber meine Eltern ermunterten mich nicht weiter und deshalb blieb ich. Ich war das einzige Kind und hatte das Gefühl, dass sie mich vielleicht brauchten. Dass ich sie in einem Vakuum hinterlassen würde, wenn ich auszöge. Sie führten eine schlechte Ehe. Ich hatte gelernt, die zwischen ihnen aufstiebenden Funken aufzufangen.

Es wurde eine schöne Nacht, trotz dieser unerwarteten Konfrontation mit meiner anonymen Leere. Wir bekamen frische Krabben und Karl und NK gingen zum Hotel und erquengelten sich einige Flaschen Weißwein. Bei Sonnenaufgang tauschten wir Adressen und wir drei Feriengenossen verließen das Boot und schwankten fröhlich zu unserem Ferienhäuschen zurück.

Das war alles. Aber ich hatte Grete Reim erkannt. Wenn auch nicht im biblischen Sinn. Das hatte ich bisher nur in meiner Fantasie erlebt.

Ende September sah ich sie wieder. Im Blom, genauer gesagt. Mit meinem bescheidenen Gehalt hatte ich in diesem Restaurant ja eigentlich nichts verloren. Aber ich wurde nach Feierabend hingeschickt, um einem meiner Chefs etwas auszurichten. Als ich wieder gehen wollte, entdeckte ich sie. Sie saß ganz allein an einem Tisch. Sie las Zeitung, vor ihr stand ein Glas Wein. Der Kellner entfernte gerade einen Teller und eine Soßenschüssel. Natürlich hatte ich an sie gedacht. Oft. Sie tauchte in meinem Fantasieleben auf und wurde dort schließlich zum festen Bestandteil, aber ich wäre nie auf die Idee gekommen, selbst Kontakt aufzunehmen. Sie war die schönste Frau, die mir je begegnet war. Sie hatte einen festen Freund. Sie war unerreichbar. Aber jetzt, wo ich durch einen Zufall auf sie gestoßen war …

Ich ging zu ihrem Tisch und erwähnte den netten Abend neulich. Ich wagte kaum zu hoffen, dass sie sich an mich erinnern würde, aber sie strahlte mich sofort an und wusste sogar meinen Namen noch. «Astor», sagte sie. «Setz dich. So schnell darfst du nicht weglaufen.»

Also. Dann setzt man sich, natürlich. Ich fischte mit zitternden Fingern eine Zigarette aus der Tasche und dankte Gott dafür, dass ich am selben Vormittag zweihundert Kronen abgehoben hatte. Denn ohne mich zu fragen winkte sie dem Kellner und bat um eine Flasche Rotwein. «Ja, du trinkst doch ein Glas mit mir? Oder wäre dir Bier lieber? Ach, Himmel, haben wir überhaupt Geld genug? Du darfst nicht glauben, ich käme jeden Tag hierher!»

(Haben *wir* Geld!) O ja. Astor Eriksen hat Geld. Und 1959 konnte man für zweihundert Kronen noch sehr viel Wein trinken. Sogar im Blom. Dieses eine Mal ist die Vorsehung auf meiner Seite. Die neuen Schuhe, die ich mir kaufen wollte, können warten. Ich würde lieber barfuß zur Bank gehen, wenn ich sonst hier und jetzt jede Krone umdrehen müsste.

Ich erkundige mich nach NK.

«Ach, der.» Sie zeigt beim Lächeln ihre Perlenzähne und kostet den Wein. «Der ist lecker. Danke. Den nehmen wir.» Dann schaut sie mich über ihr Glas hinweg an und trinkt mir zu. «Das war einmal, wie man sagt.»

«Du meinst doch wohl nicht …»

O doch, genau das meint sie. Ich gewinne fast den Eindruck, dass das Ganze nur eine Episode war, etwas, das zum Sommer gehört hat. Eine Bagatelle. Jetzt ist September. Herbst. Jetzt sitzen wir zu zweit bei Blom und stoßen mit rotem Wein aus Frankreich an. Nicht, dass ich mir etwas einbildete. Durchaus nicht. Die bloße Vorstellung, die Rolle eines Mannes wie NK zu übernehmen, erscheint mir als vollständig absurd. Und sie hat doch sicher Verehrer von hier bis nach Taiwan!

Aber sie beugt sich vor und nimmt meine Hand, die ich auf die weiße Decke gelegt habe. «Es ist so schön, dass du gekommen bist, Astor! Weißt du – ich bin nämlich zum Feiern hier. Ganz allein.»

«Du meine Güte», sage ich. «Allein feiern, das geht doch gar nicht.»

«Nein, nicht wahr?»

Und dann erzählte sie, dass sie bei einer der großen Illustrierten einen Job als Journalistin gelandet habe. Nur zur Probe, aber sie war ja schließlich von sich überzeugt, was für mich natürlich nichts Neues mehr war. Und sie war im Grunde auch gar keine Journalistin. Bis auf weiteres würde sie vor allem übersetzen müssen, aber die Aussichten waren gut. Sie würde sich festkrallen. Und was sie übersetzen würde? Das könnte ich mir doch denken. Ob ich denn keine Illustrierten las? Liebe.

«Ich übersetze die Liebe, Astor», sagte sie und lachte. «Willst du Korrektur lesen?»

Mir war noch nie eine Frau begegnet, die sich so ausdrückte. Nie. Schwindlig vom Alkohol und vor Verliebtheit begleitete ich sie in die Wohnung, die sie oben bei Bislet mit einer Freundin teilte. Sicher lag es am Wein, dass ich mich der Lage gewachsen fühlte. Klar kam es mir nicht natürlich vor, neben Grete Reim dahinzugehen, aber ich kann es so sagen: Ich konnte mit dem Unnatürlichen umgehen, das mir da geschah. Der Mann, der diese Art von Wahnwitz nicht akzeptieren würde, muss sicher erst noch geboren werden. Unsere Nase ist zu groß und wir riechen aus den Achselhöhlen. Im Grunde haben wir ja auch nicht viel zu sagen, schließlich sind unsere Tage in ihrer überwältigenden Langweile einander zu gleich. Wir haben uns keinen selbstständigen Gedanken über Liebe oder Tod gemacht. Vom letzten Buch, das wir gelesen haben, wissen wir weder Titel noch Inhalt. Und von Theater oder Film haben wir nun wirklich nicht die geringste Ahnung. Trotzdem verhalten wir uns, als sei das Unnormale absolut alltäglich.

«Ich bin so glücklich», sagte sie. «Jetzt scheinen mir alle Türen offen zu stehen. Sie haben gesagt, dass ich später auch Reportagen versuchen darf. Und Interviews. Ich kann schreiben. Ich werde es schaffen.»

«Natürlich wirst du es schaffen», sagte ich. «Du kannst doch so gut mit Menschen umgehen. Ich bin dir zweimal begegnet und habe schon das Gefühl, dich seit Jahren zu kennen.»

«Ja», sagte sie und lachte. «So bin ich. So bin ich, weil ich Menschen mag. In meinem ganzen Leben ist mir noch kein langweiliger Mensch begegnet.»

«O doch», sagte ich. «Du gehst gerade neben einem Prachtexemplar dieser Art.»

«Du bist so dumm», sagte sie. «Du Dussel!»

Und dann verbreitete sie sich über ihr leeres Konto und über Banken ganz allgemein.

Ich kam mir fast ein wenig wichtig vor. Fast. Mit Banken kannte ich mich aus.

Zwei Wochen später gingen wir ins Victoria und sahen Federico Fellinis «La dolce vita» mit Marcello Mastroianni und Anita Ekberg. Ich bekam nur Bruchstücke von diesem Film mit, weil ich ihren Duft in mich aufnahm und mir alles andere ziemlich egal war. Doch bei der Szene, in der Anita Ekberg in der Fontana di Trevi badet, reagierte ich dann doch wie der junge Mann, der ich nun einmal war. Die Kombination von schwedischer Sexbestie auf der Leinwand und Grete Reims Nähe in der Dunkelheit verlangte ihren Tribut. Und dann legte sie die Hand auf meinen Schoß. Das kam für mich ganz unerwartet. Ich blieb wie gelähmt sitzen und das Blut hämmerte in meinen Ohren.

«Ihr seid so seltsam», flüsterte sie. «Ich finde Jungen seltsam.»

Es ist harte Arbeit, sie ins Haus zu schaffen. Sie ist groß und fett, und das bin ich auch. Wir sind zwei fette betrunkene Menschen, die im feuchten Gras immer wieder ausrutschen, der Boden verschwindet unter unseren Füßen, wir kippen um. Sie hat seit dem Vormittag getrunken, es ist trotz allem ein normaler Werktag auf Erden, sie ist voll wie eine Strandhaubitze und mir fehlt auch nicht mehr sehr viel.

Und zu allem Überfluss hat mir Gott nun auch noch ein Stilett zwischen die Bandscheiben geschoben, ich spüre, wie die Spitze mit meinem Ischiasnerv flirtet. Hemd und Hose kleben am Leib, und die Sintflut macht mich halb blind. Als ich sie endlich auf die Veranda bugsiert habe, wälze ich sie auf einen von meiner Mutter geerbten Flickenteppich. Da liegt sie dann wie ein Goldfisch, den jemand aus dem Glas gefischt und auf die Tischdecke gelegt hat. Sie atmet schwer und ihre rot geschminkten Lippen haben sich zu einer Grimasse geteilt. Sie schläft. Oder ist ohnmächtig. Egal. Ich selbst sehe Sterne. Kaltes, weißes Funkeln um mich herum, auf allen Seiten, ich muss mich für einen Moment in den Korbsessel sinken lassen, bis sie verschwunden sind.

Sie darf nicht hier unten auf der kalten Veranda liegen bleiben. Ich muss sie ins Bett schaffen, sonst kann sie sich in der Kälte sonst was holen. Und da ich sie nicht tragen und sie auch nicht auf die Beine bringen kann, bleibt mir eigentlich nur eins übrig: Ich muss den handgewebten Flickenteppich meiner Mutter als Schlitten nehmen und mich selbst als Zugtier vorspannen. Zum Glück ist der Teppich lang. Er reicht durch das ganze Zimmer, bis zur Treppe und hoch in den ersten Stock. Ich werfe ihn über meine rechte Schulter und packe mit beiden Fäusten zu. Und dann ziehe ich meine sturzbesoffene Gattin auf das Wohnzimmer zu, begeistert assistiert von Tiger, der hinter mir herumspringt und mit den Krallen nach den Fransen schnappt. Es ist in doppelter Hinsicht ein schwerer Job, denn ich frage mich ja, wohin der Weg aus diesem Hier und Jetzt führt. Was steht uns bevor, wenn ein normaler Donnerstagabend im Oktober so aussehen kann?

Es geht nicht. Aber es muss gehen. Sie ist so schwer, so schwer, und mir steckt ein Messer im Rücken. Wenn ich sie über die Türschwelle geschafft habe, muss ich mich ausruhen, denn diese Schmerzen sind unerträglich. Vorsichtig lasse ich mich in den abgenutzten Sessel sinken, den wir von Onkel Alfred geerbt haben. Ich kann mich nicht zurücklehnen, denn dann sticht das Messer zu, das glühende Messer. Ich sitze stocksteif da und presse beide Handflächen auf das kühle braunschwarze Leder, das jetzt die ersten Verschleißspuren zeigt. An der linken Armlehne ist die Naht aufgerissen. Wenn ich mit dem Zeigefingernagel im Riss herumstochere, spüre ich unter meiner feuchten Fingerspitze lockere Partikel.

Sie liegt ganz still da. Nur ihre schweren Brüste heben und senken sich lautlos. Ich würde gern in ein lautes, gellendes Lachen ausbrechen, aber zu solchen Ausschweifungen bin ich nicht erzogen worden. In der Oscarsgate wurde geschwiegen. Ich brauche einen Drink. Und eine Zigarette. Meine Finger werden nervös von ihrem Müßiggang auf dem sich auflösenden Leder, sie müssen etwas Liebes und Vertrautes umfassen können. Ein kühles Glas brauner Schnaps. Eine glühende Zigarette. Aber hier sitze ich also. Im von Onkel Alfred geerbten Sessel. So, wie er in den letzten Jahren seines Lebens hier gesessen hat. Sehr aufrecht, voller Sehnsucht nach den sieben Meeren oder vielleicht nach der Ewigkeit oder nach gar nichts. Er trank nicht, ich weiß nicht, warum. Und den Tabak hatte er schon vor Jahrzehnten aufgegeben. Er aß ja kaum. Er saß nur ganz still da und wartete auf die Auflösung. Wir fragen ihn oft, ob er sich langweile. Ob wir das Radio einschalten sollten. Oder eine Runde Karten spielen. Aber er langweilte sich nicht und er hatte keine Wünsche. Erst in allerletzter Zeit habe ich angefangen ihn zu verstehen.

Jetzt beginnt sie, sich zu erbrechen. Sie schläft und erbricht sich. Das ist nicht gefährlich. Sie liegt auf der Seite und das Erbrochene fließt leicht und fein über den Teppich, den wir uns damals angeschafft haben, als wir noch dafür sparen mussten. Eine Krone auf die andere legen, wie es hieß. Wir stammten beide nicht aus armen Elternhäusern. Aber der Teufel mag wissen, dass wir in den ersten Jahren unserer Ehe nicht gerade in Geld geschwommen sind. Im Grunde waren wir immer pleite. Von Gretes Eltern hatten wir einige Möbel und einen gebrauchten Kühlschrank bekommen, dazu einen Herd, der nur ab und zu funktionierte. Der Rest wurde nach und nach angeschafft. Viele Jahre lang hatten wir auf unseren fünfzig Quadratmetern im Kirkevei sehr viel Platz.

Und während ich nun zusehe, wie meine Frau nach den Lachskoteletts von vorhin rosa kotzt, wie sie rosa über diesen Teppich kotzt, von dem wir Wochen und Monate lang geträumt haben, überkommt mich eine große Leere. Ich weine nicht leicht, aber in diesem Moment wünschte ich, ich könnte in Tränen ausbrechen. Ich möchte um die Unschuld weinen, die wir uns selbst geraubt haben. Ich sehe Grete Reims strahlendes Gesicht vor mir, an einem frühen Märznachmittag um die Mitte der sechziger Jahre. Ich nehme ihren Geruch wahr, zusammen mit dem der Bratwurst, die wir soeben gegessen haben. Wir haben den Tisch abgeräumt und Kassensturz gemacht. Das heißt, ich habe über den Stand der Dinge berichtet.

Grete: «Meinst du das im Ernst?»

«Ja», sagte ich und ging die Zahlen noch einmal durch, um wirklich hundertprozentig sicher zu sein. «Der Teppich gehört uns. Morgen, wenn wir wollen. Und wir werden uns sogar auch in der nächsten Zeit satt essen können.»

Am nächsten Tag kauften wir den Teppich. Es war eine fast heilige Handlung, wir mussten sie gemeinsam begehen, ungefähr wie an dem Tag, als wir Gott und der Geistlichkeit gelobt hatten, in guten wie in bösen Tagen zusammenzustehen. Ja, in vieler Hinsicht war dieser Teppichkauf ebenso ein Symbol für einen Pakt zwischen uns wie unser Ringtausch einige Jahre zuvor. Das Gold hatten unsere Eltern aus ihren Brieftaschen ausgegraben. Den Teppich hatten wir selbst gefunden. Hatten davon geträumt, ihn zu besitzen. Hatten dafür gespart. Grete hatte übersetzt und Erzählungen über romantische Ereignisse im schottischen Hochland für das norwegische Publikum bearbeitet. Ich selbst hatte mich über Bankabrechnungen und Darlehensgesuche gebeugt. Getrennt und doch zusammen hatten wir auf diesen Augenblick zugearbeitet, wo wir zu Hut und Mantel greifen und durch das gelbe Frühlingslicht zum Teppichladen im Bogstadvei gehen könnten. Es lag kein Schnee mehr und uns beiden fehlte nichts. Das Leben brauste. In uns und um uns herum. Wenn jemand uns das Stichwort «Schmerzen» genannt hätte, dann hätten wir verständnislos dreingeschaut und vielleicht etwas von Halsschmerzen geflüstert, die wir als Kinder gehabt hatten. Wir hatten die Rüstung der Jugend angelegt, die Uniform der straffen Muskeln und der klaren Blicke. Der Begriff «Kater» wurde damals mit leichtem Dröhnschädel assoziiert, der mit einer Tasse Kaffee und einem raschen Spaziergang durch die frische Luft kuriert werden konnte. Und trotzdem wussten wir so viel über das Leben. Ja, das meine ich wirklich. Wir haben vielleicht niemals so viel über das Leben gewusst wie damals, in diesen langen, guten Jahren. Denn es stimmt wirklich: Diese Jahre waren lang und gut. Sie waren durchaus nicht problemlos, aber mit den Problemen konnten wir umgehen. Wir brauchten einen Teppich für das Wohnzimmer. Na gut. Dann wurde eben für einen Teppich gespart. Es bereitete mir eine heimliche Freude, einen Kinobesuch ausfallen zu lassen, wenn ich nur am nächsten Morgen am Schaufenster im Bogstadvei vorübergehen und dort Unseren Teppich liegen sehen konnte – der unserem eigenen Wohnzimmer um zwei blanke Kronen näher gerückt war. Wir konnten zwei Tage für eine Platte von Charlie Parker fasten und trotzdem jeden Tag erfüllt von einem Strom unverbrauchter Energie aufstehen und schlafen gehen.

Sie hatte sich bei mir eingehakt und lehnte sich an mich an. Das hat sie immer schon gemacht. Zuerst war sie verliebt und verspielt, später schwer und betrunken. Und ich ging durch den Alltag und war stolz und ein Mann mit Geld auf der Bank und Geld in der Jackentasche. Wenn jemand mir damals ein Bild von mir gezeigt hätte, so, wie ich heute aussehe, dann hätte ich wie Petrus geantwortet: Ich kenne diesen Menschen nicht. Und ich hätte weniger gelogen als er.

Aber es ging um den Teppich, wir dachten damals kaum an etwas anderes. Ein weinroter gemusterter

Teppich, die billige Nachahmung eines Persers. Dass es sich um eine Nachahmung handelte, interessierte uns nicht im Geringsten, Snobs sind wir beide wirklich niemals gewesen. Auch als das große Geld auf Gretes Konto zu strömen begonnen hatte, behielten wir, jedenfalls bis zu einem gewissen Grad, unsere nüchterne Einstellung zum Materiellen bei. Im Laufe der Jahre haben wir wie andere uns einen Berg von Gegenständen zugelegt; ich bin überzeugt davon, dass wir die Hälfte wegwerfen oder verschenken könnten, ohne überhaupt einen Unterschied zu bemerken. Aber in den sechziger Jahren war das anders, damals, als wir unseren gemeinsamen Weg angetreten haben. Wir umgaben uns mit kahlen Wänden und einer halb leeren Wohnung, wir *sammelten* Gegenstände, weil wir sie brauchten. So war das. Man heiratete und fing mehr oder weniger bei null an, und dann baute man um sich herum den Wohlstand auf. Radio, später Fernseher. Regale und Bücher. Einen Sessel. Lampen. Und jetzt einen Teppich für das Wohnzimmer. Eine weinrote Nachahmung dessen, was die Kindersklaven in Asien liefern konnten, so war das.

Es war zu der Zeit, wo man immer wieder auf Verkäufer stoßen konnte, die sich für ihre Arbeit interessierten, und der, der uns an diesem Nachmittag im Bogstadvei bediente, war von dieser Sorte. Er reichte uns die Hand und hieß uns willkommen.

Grete und ich waren schon zwei Mal dort gewesen, um uns den Teppich genauer anzusehen, und jedes Mal hatten wir uns von diesem freundlichen Mann durch das Ladenlokal führen lassen. Er hieß O. Johannsen, das weiß ich noch, es ging aus dem Schild auf seiner Brust hervor. Ein schmächtiger Bursche von Mitte dreißig, mit sandfarbenen Haaren und einem fast durchsichtigen Schnurrbart. Nur um mich zu ärgern, behauptete Grete, jedes Mal, wenn wir miteinander schliefen, über diesen Mann zu fantasieren. Sich vorzustellen, es sei O. Johannsen, der sich in der Dunkelheit stöhnend über sie legte. Sie war, für die damaligen Verhältnisse, ziemlich offenherzig. Das muss ich sagen. Jetzt ließ sie ihre Handfläche auf eine Weise über den Teppich gleiten, die beim besten Willen nicht anders als herausfordernd genannt werden konnte. Ich glaube, sie amüsierte sich beim Anblick von O. Johannsens Adamsapfel, der sich an dessen magerem Hals auf und ab bewegte.

«Wie weich», sagte sie leise. «Fühl mal, Astor!»

Und Astor fühlte. Mir blieb ja nichts anderes übrig. O. Johannsen stand vor uns und schluckte und gab vor, von diesem Spiel nichts zu begreifen, er schluckte und schluckte und versuchte sie nicht mit Blicken zu verschlingen. Ihre blauen Augen bohrten sich in meine. Es roch schon auf weite Entfernung nach Sex.

«Sehr gut so», sagte ich und erhob mich, um ihrem Schauspiel ein Ende zu setzen. «Den nehmen wir.»

O. Johannsen räusperte sich. «Eine gute Entscheidung. Sollen wir ihn liefern? Das wäre zwischen sechs und sieben möglich.»

«Kommt nicht in Frage», sagte Grete. «So lange können wir auf keinen Fall warten.» Sie lachte glücklich und weit hinten in ihrem Lachen konnten O. Johannsen und ich ihre rosa Zunge sehen.

«Rollen Sie ihn einfach auf», sagte ich. «Ich nehme ihn unter den Arm. Wir wohnen gleich um die Ecke.»

Ich war seit langer Zeit nicht mehr dermaßen sexuell erregt gewesen. Beim Bezahlen zitterten mir die Hände. Und als wir auf die Straße traten, ich mit der Teppichrolle unter dem Arm, wurde die Lage fast unmöglich. Zum einen hatte ich eine Erektion, bei der ich mich unwillkürlich ein wenig vorbeugte. Zum anderen war der Teppich nicht leicht. Doch noch schlimmer war das Gefühl, mit einem riesigen Phallussymbol zusammen mit meiner Frau durch die Straße zu spazieren. Ich hatte den Eindruck, dass alle, die uns begegneten, ihre Lippen zu einem Lächeln verzogen.

«Du meine Güte», sagte Grete, das weiß ich noch genau. «Du bist ja knallrot im Gesicht. Stimmt irgendwas nicht?»

«Im Gegenteil», sagte ich. «Aber der Teppich ist viel schwerer, als ich gedacht hatte.»

«Ja, dann tragen wir ihn eben zusammen», sagte sie lachend. «Männer!»

Ich wehrte ab, aber sie achtete nicht auf meinen Protest. Sie packte vorne an. Griff mit ihren kühlen kleinen Händen zu und klemmte sich die Teppichrolle unter ihren rechten Arm, dicht über ihrer Hüfte. Und so gingen wir weiter. Sie vorne, ich hinten. Ich glaubte, ich müsse verrückt werden. Ich ahnte ihren schlanken Körper unter ihrem dünnen Frühjahrsmantel. Die Biegung ihrer Beine unter dem Nylonstoff. Ihre blonden Haare, die so wunderschön glänzten.

Sie drehte sich halbwegs nach mir um und sagte: «Wenn wir nach Hause kommen, machen wir ein Kind. Auf unserem neuen Teppich.»

Ich wusste nicht, was ich sagen sollte. Ich sah O. Johannsen vor mir, der jetzt einsam und verlassen in seinem Laden stand und zerstreut mit der Hand über einen Teppichstapel fuhr und auf die Straße schaute, ohne etwas wahrzunehmen. Und ich dachte den alten Gedanken, den Gedanken, der mich so oft heimgesucht hatte, seit ich diese Beziehung zu Grete Reim eingegangen war: «Bist du das?»

Zu Hause kam es, wie es kommen musste. Genauer gesagt, ich kam, fast sofort. Wir fielen übereinander her, noch ehe wir den Teppich richtig ausgerollt hatten, und rissen und zerrten an Kleidern und Hosenknöpfen. Ich hatte ihr noch nicht einmal die Unterhose abgestreift, als der grauweiße Strahl auch schon über ihren Bauch schoss. Sie hielt inne und betrachtete das Ganze leicht verblüfft. Dann lächelte sie mich an und zog mich zu sich auf den Teppich. Da lag ich dann, streichelte ihre Wange und sah zu, wie ein schmaler Bach zu einem schweren Tropfen wurde, der sich von ihrem Hüftknochen auf den Teppich fallen ließ.

«Das macht nichts», sagte sie.

Ich wusste nicht so recht, was sie damit meinte.

– 3 –

Auf diesem Teppich liegt jetzt Grete Reim, meine Frau, und erbricht sich. Außerdem lässt sie Magensaft und halb verdautes Essen über einen der Flickenteppiche meiner Mutter rinnen. Das tut ein wenig weh. Ich verbinde keine sentimentalen Gefühle mit meiner Mutter und habe auch keine enge Beziehung zu ihren Flickenteppichen. Aber die Tatsache, dass Grete den Teppich verdirbt, den wir uns als junges Ehepaar so mühselig zusammengespart und auf dem wir in jugendlichem Eifer den hilflosen Versuch unternommen haben, Nachkommenschaft zu zeugen, hat doch etwas Trauriges. Während ich hier sitze und dabei zusehe, geht mir auf, wie endgültig unsere Jugend zu Ende ist. Keine neue Erkenntnis für einen Mann von sechsundfünfzig, könnte man wohl sagen, aber so ist es eben. Natürlich habe ich diesen Gedanken gedacht und sogar viele Male. Aber erst jetzt nehme ich diese Erkenntnis wirklich an. Ich begreife, dass ich am Rande meines eigenen Alters sitze und dass der Tod mich langsam und unerbittlich zu sich zieht. Und wie viel Mühe wir uns auch gegeben haben: Einen neuen Erdenbürger haben wir nicht zu Stande bringen können. Es ist uns nicht gelungen. Wir wissen nicht, ob der Fehler bei ihr oder bei mir liegt. Als die Jahre dahinschwanden, gingen wir stillschweigend die Abmachung ein, das Ganze auf sich beruhen zu lassen. Es ist, wie es ist. Wir sind kinderlos und kinderlos werden wir diese Welt verlassen. Vielleicht macht das ja auch nichts, so wie die Verhältnisse sind. Andererseits: Wer wären wir heute, wenn wir Verantwortung hätten übernehmen müssen?

Ich muss diese Schweinerei beseitigen. Dass wir im Hinblick auf den Alkohol die Kontrolle verloren haben, mag sein. Aber um keinen Preis bin ich bereit, in einem Schweinestall zu hausen. Ich habe damals darauf bestanden, dass wir Sandra einstellen, die zweimal die Woche kommt und das Gröbste erledigt. Nachdem ich meine Arbeit verloren hatte, habe ich feststellen können, dass ich auch häusliche Seiten besitze. An guten Tagen bringe ich den Müll weg oder mache den Abwasch. Ich entferne tote Fliegen von der Fensterbank, und wenn die Toilette zu schlimm aussieht, greife ich auch dort zu, ehe Sandra kommt. Grete kümmert sich um keine praktische Arbeit, weder beim Kochen noch beim Putzen. Wie eine Ameisenkönigin liegt sie in ihrem Schlaf- und Arbeitszimmer und legt immer neue Eier. Und das ist ja auch richtig so. Von diesen Eiern leben wir schließlich.

Langsam erhebe ich mich. Mein Rücken tut weh. Grete ist bis auf weiteres aus dieser Welt entrückt und gibt rein gar nichts mehr von sich. Der Regen peitscht gegen die Fensterscheiben. Ich mache einen Bogen um meine ausgeschaltete Gattin und lege im Kamin Holz nach. Große Birkenscheite, die wir von meinem Vetter Anton bekommen haben, der weiter oben im Tal wohnt. Die Flammen reißen an der Rinde, das Feuer lodert auf. Und ich stehe vor dem Kamin und genieße die Wärme, meine Kleider sind noch feucht, ja nass.

Hier stehen sie. In Glas und Rahmen auf dem Kaminsims. Meine und ihre Vorfahren. Vergilbte Fotografien von Männern mit Bärten und gepflegten Schnauzern, von Frauen mit streng hochgesteckten Haaren, schwarzen Kleidern und Spitzen. Alle in einem plötzlichen Anfall von Grete zusammengetragen und eingerahmt, irgendwann in den siebziger Jahren muss das gewesen sein. Und mir begegnen die Blicke meiner Urgroßeltern, Ovidia und Georg Evensen. Sie stehen so feierlich in ihrem Sonntagsstaat da, sie schauen den Fotografen mit einem Ernst an, der ansonsten Pastor und Dorfwachtmeister vorbehalten war. Sie sind in ihrem besten Alter, Ende zwanzig. Jeden Tag macht Georg ein weiteres Stück Boden urbar, an einem Ort weiter oben im Tal, den zu besuchen ich mir nie die Zeit genommen habe. Er macht Boden urbar und rodet vom frühen Morgen bis nach Einbruch der Dunkelheit. Dann nimmt er Arbeit mit ins Haus und macht weiter, mit Schnitzmesser und Holz, im Licht der Tranlampe. Die Arbeit nimmt nie ein Ende. Denn noch im Schlaf nimmt er neues Land unter den Pflug und fällt neue Bäume, und im halb wachen Zustand liegt er unter der Felldecke und macht neue Pläne, während er darüber verzweifelt, dass er nie genug schafft. Und Georgs Wirklichkeit ist auch die von Ovidia. Nur ist ihre noch härter, denn zusätzlich zu der harten Plackerei auf dem Hof ist sie fast pausenlos schwanger, so lange das überhaupt möglich ist. Sie gebiert acht Kinder, von denen sechs heranwachsen. Wie viele Fehlgeburten hinter ihr liegen, weiß sie allein. So ist das Leben. Sie leben, wie die kleinen Leute seit undenklichen Zeiten in diesem ungastlichen Land gelebt haben, sie träumen nicht einmal von etwas anderem. Sie benutzen die Geräte, die von längst verstorbenen Ahnen hergestellt worden sind. Und wenn Georg eine neue Sense schmiedet, dann ist das eine Investition in den Alltag eines seiner Sohnessöhne. So war es immer schon. So, glauben sie, wird es immer sein. Der eine Tag folgt dem anderen, und wenn sie sich dreihundert Jahre in der Zeit zurückkatapultieren könnten, dann könnten sie dort ohne nennenswerte Schwierigkeiten in den Alltag eintreten. Hering und Speck. Oder weder Hering noch Speck. Brot oder kein Brot. Pflug. Messer. Acker.

Und wenn sie in die Zukunft reisen könnten? Dann hätten sie wohl nur zum Kaminfeuer eine vertraute Beziehung. Zum Feuer im Kamin und zum Prasseln des Regens, der im Garten fällt. Wer wälzt sich dort im Erbrochenen? Ach, das ist nur meine Frau. Sie hat eben in einem Fluss aus Schnaps gebadet. Sie ist eine von Norwegens führenden Fachleuten über die Liebe zwischen den beiden Geschlechtern, um nicht zu sagen, zwischen den beiden Einbanddeckeln. Sie wird «Kioskkönigin» genannt, weil das Publikum ihre Werke vor allem in den Kiosken dieses Landes findet. Ihre Stärke sind gefühlsmäßige Verwicklungen innerhalb des englischen Hochadels vor hundert Jahren, aber auch Freud und Leid der schottischen Bauerndirnen unter den englischen Landlords liegen ihr. In den letzten Jahren hat sie begonnen, sich unserer eigenen Zeit zu nähern. In den Illustriertenredaktionen ist die Rede von einer neuen «Richtung in ihrem Werk». In ihren Erzählungen kommt es jetzt vor, dass Nebenfiguren an Krebs oder Aids sterben. Während ich davon lebe. Ich lebe von ihr.

Wie gesagt: Ich brauche einen Drink und eine Zigarette. Die Vergangenheit soll ruhen. Auf irgendeine Weise muss ich Grete von ihren nassen Kleidern befreien und sie ins Bett bringen, doch alles zu seiner

Zeit. Wenn ich jetzt mit Trinken aufhöre, dann wäre das so, als sei ich an der Sprungbrettkante gestolpert. Was zu keinem schönen Schweben führt. Sondern zu einer platschenden Bauchlandung, einer Nacht voller Gedanken, die ich nicht brauche. Aber ich bin jetzt im Erdgeschoss. Im Greteland. Die steile Treppe und der Hexenschuss trennen mich bis auf weiteres von Whiskyflasche und Tabak. Ja, ich bin im Greteland. Dem wahren Reich der verborgenen Flaschen. Klarer Schnaps und Mentholzigaretten. Feminine Düfte von Kleidungsstücken, die sie einfach ausgezogen und verlassen hat, so wie ein Reptil sich von seiner alten Haut befreit, wo immer sich das gerade ergibt. Darunter mischt sich der Geruch von Erbrochenem und beißender Pisse aus riesigen rosa Unterhosen, und alles in allem ist dieser Duft fast berauschend, um nicht zu sagen betäubend. Ich stehe jetzt im Reich der Liebe. In Grete Reims alltäglichem Paradies. Ich bin in dem Teil des Hauses, in dem sie und er einander bekommen, wieder und wieder. Hier steht die Ideenbank für heftige Leidenschaft, für üppige Leiber und synchrone Doppelorgasmen. Hier in diesen Räumen träumt sie sich das alles zusammen.

Die Küche. Zuerst die Küche. Ganz bestimmt hat sie irgendwo eine Küchenflasche stehen, nur: wo? Wir haben eine Küche von der guten alten Art, und deshalb gibt es hier Hunderte von möglichen Verstecken. Logisch denken, Astor! Du weißt, worum es geht. Um einen schnellen Schluck in regelmäßigen Abständen. Die tiefen Schränke mit rostenden Konservendosen und antiquarischen Küchengeräten sind hier unergiebig. Die Frau, die hier jeden Tag unter Durst leidet, muss schnell zur Quelle vordringen können. Und wie du ist sie zu fett, um auf Knien durch die Gegend zu rutschen. Ich glaube, du solltest dich auf Verstecke in Brusthöhe konzentrieren. Der Glasschrank. Nichts. Nur leere Gläser in allen möglichen Varianten. Das Allerletzte, was ich brauche. Hinter dem Tellerstapel im Nachbarschrank waren die Mäuse am Werk, ich darf nicht vergessen, Sandra Bescheid zu sagen.

Und jetzt ist Georg da. Der schweigsame Georg. Ich spüre ihn irgendwo hinter mir. Mein soeben auferstandener Urgroßvater Georg Evensen betrachtet mich in stummer Verwunderung. Er hat Erde und Sand abgeschüttelt, er hat sich die Haare gekämmt und den Anzug angelegt, den er sich aus Anlass seiner Hochzeit geliehen hatte. Zusammen mit seiner Gattin Ovidia Martha, geborene Hansen, ist er aus dem Totenreich hergekommen. Er will wissen, ob die Sense noch brauchbar ist. Ob wir die Ernte eingefahren haben. Er kennt ein kurzes Märchen, das er seinen Ururenkeln erzählen möchte. Und wenn ich mich nicht ganz irre, dann hat er für die Kleine ein geschnitztes Kästchen aus Ahornholz mitgebracht.

Und jetzt das! Ein Urenkel, der nicht einmal die grundlegende Daseinsaufgabe bewältigt hat, nämlich die Sippe weiterzuführen. Der sich jetzt der Vergangenheit und vergilbten Fotos zuwenden muss, um das Verwandtschaftsgefühl zu finden, das zu einem Moment wie diesem gehört. Ein Urenkel auf verzweifelter Jagd nach dem Schnaps seiner Frau. Dazu dringt durch das auf Kipp stehende Fenster der Geruch von verfaulendem Fallobst. Ich knalle das Fenster so heftig zu, dass das Glas birst. Zu spät. Der Stapel Rechnungen auf der Fensterbank ist triefnass, Wasser und Tinte fließen über die Täfelung. Ich reiße den Kühlschrank auf. Nichts. Milch. Ein verschimmelter Käse. Ein Karton Apfelsinensaft. Der Brotkasten: leer. Morgen kommt Sandra. Damit tröste ich mich. Es sieht immer so aus. Am Tag, ehe Sandra kommt.

Irgendwo muss diese verdammte Flasche doch stecken! Die Übelkeit überwältigt mich. Die Fast-Panik. Nächste Station: Toilette. Die persönliche Toilette der Kioskkönigin. Ihr Thron. Hier verbringt sie jeden Tag viele Stunden, während sie neue Geschichten ausheckt und ihrem Gedärm freien Auslauf lässt. Komm ruhig mit, Urgroßvater, das interessiert dich bestimmt. Aus mündlichen Überlieferungen weiß ich, dass du da oben auf der Hungeralm eigenhändig Eichenbretter zurechtgehobelt und einen Achtsitzer gezimmert hast. Aber die Zeiten haben sich geändert, und jetzt wirst du sehen, wie wir heute mit menschlichem Kot umgehen. Richtig! Wasser! Wir spülen den Kot in den Fjord. Hier sitzen wir auf wunderbar glänzendem Porzellan und mästen einen Kabeljaustamm, so üppig, wie du es nie gesehen hast.

Ich drehe den Knauf des Spültanks ab und hebe den Porzellandeckel. Aber nein. Ich weiß, dass das eine von ihren festen Stellen ist, doch auch hier ist alles öd und leer. Nicht einmal eine halbe Flasche Gin!

Das Badezimmer. Der Medizinschrank. Ich nehme zwei Paralgin forte, aber den Schnaps finde ich nicht. Ich weiß, dass er hier irgendwo ist, aber ich kann ihn nicht finden, ich koste sogar das Wasser aus dem Warmwassertank. Warum macht sie das eigentlich? Was reitet bloß die heimlichen Alkoholiker? Warum kann sie nicht wie jede andere Säuferin die Flasche auf den Tisch stellen?

Ich bleibe stehen und denke über dieses seltsame Phänomen nach. Im Verborgenen zu trinken, vorzutäuschen, dass Grenzen existieren, obwohl sie doch längst in Auflösung übergegangen sind. Die Geheimhaltung als Teil der Wirkung, des Rausches. Ein Ritual. Ich habe das nie begriffen. Ich lebe seit mehreren Jahrzehnten mit einer heimlichen Alkoholikerin zusammen, aber ich habe nie verstehen können, warum sie sich nicht zu den Flaschen bekennen kann, die sie braucht, um sich ums Leben zu bringen. Ich würde nichts sagen, wenn ich selbst enthaltsam lebte. Das heißt, dann würde ich sicher so allerlei zu sagen haben. Aber ich trinke selbst. Ich trinke meine tägliche Flasche Whisky und dazu jeden Vormittag ein paar kühle Bier. Warum also versteckt sie ihre Flaschen? Als sie an einem Wochenende in Kløfta ein Seminar über Populärliteratur besuchte, habe ich Haus und Grundstück durchgekämmt. Ich fand sechs Gin- und zwei Kräuterschnapsdepots. Im Hohlraum hinter dem Kühlschrank. Im Spülkasten. Ein Kräuterschnapsdepot war geschickt unter der großen Palme im Wohnzimmer in der Blumenerde angelegt! An diesem Wochenende fand ich auch ihre «Grenzflasche» im Gebüsch an der Grenze zum Nachbargrundstück. Die Flasche, aus der sie auf dem Weg von und zu der Kapitänsgattin trinkt. Ich wusste nicht, ob ich lachen oder weinen sollte.

Aber das kann jetzt ja egal sein. Ich habe schon seit einer Ewigkeit die Possen meiner Frau nicht mehr hinterfragt. Wir trinken das, was wir trinken müssen, und wir trinken nach dem System, das uns als das zweckmäßigste erscheint. Ich öffne jeden Tag um Punkt drei meinen Ballantine's. Und dann trinke ich ihn innerhalb von zwölf Stunden. Während dieser zwölf Stunden steht die Flasche auf meinem Schreibtisch oder auf dem Tischchen neben dem Sessel, meiner Leseecke. Jeden Vormittag bringe ich die leere Flasche zum Abfallcontainer. Und um drei Uhr hole ich eine neue Flasche aus dem Kleiderschrank. Es ist ein regelmäßiges Leben, und es besteht kein Grund, sich deshalb großartig Gedanken zu machen, dazu bin ich zu alt. Dasselbe gilt für Gretes etwas eigene Art des Alkoholismus. Es ist, wie es ist, und bis der Tod an die Herzenstür klopft, wird sich nichts mehr ändern. Ich mache mir einzig und allein deshalb auf ihrem Territorium zu schaffen, weil ich im Moment die Treppe in den ersten Stock nicht bewältigen würde. Es dauert noch, bis die Tabletten wirken. Und ich kann wirklich nicht eine einzige von ihren Flaschen finden. Es verhält sich nämlich so, dass sie ihre Depots immer wieder an andere Orte verlegt. So ungefähr wie die Großmächte das während des Kalten Krieges mit den Atomwaffen gemacht haben. Dass die Raketen sich vor einem Monat in Arizona befanden, muss nicht heißen, dass sie immer noch dort sind. Und der Iwan bringt seine in aller Heimlichkeit vom Kaukasus in die Steppe. Eins aber steht fest: Der Spülkasten ist passé. Der Hohlraum hinter dem Kühlschrank ist schon längst aufgegeben worden.

Aber dann kommt mir ein Gedanke, gerade jetzt, wo ich auf dem Weg in ihr kombiniertes Schlaf- und Arbeitszimmer bin. In den Dschungel aus Manuskripten und Bücherpyramiden, wo die Verhältnisse das Suchen fast unmöglich machen. Etwas am Kühlschrank kommt mir seltsam vor. Nicht am Kühlschrank an sich, natürlich, der ist wie immer, weiß und brummend. Nein, mit seinem Inhalt stimmt etwas nicht. Denn haben wir jemals Apfelsinensaft getrunken? Nein, das haben wir nicht. Nie. Auch, als wir noch längst nicht ernsthaft mit dem Trinken angefangen hatten, mussten wir solche Flüssigkeiten aufgrund ihres Säuregehaltes scheuen wie die Pest. Aber in meiner Erinnerung, die, wie ich behaupten möchte, mehr als nur mittelmäßig funktioniert, finde ich das Bild eines gelben Kartons im Fach in der Tür.

Georg, mein Urgroßvater, haucht mir jetzt in den Nacken. Ja, und nicht nur er. Meine gesamten Vorfahren von der Steinzeit bis heute heften sich zu dieser für sie ganz und gar sinnlosen Expedition zurück in die Küche an meine Fersen. Leibeigene. Arbeitstiere und Kleinbauern. Tot geborene Kinder und in jungem Alter aus dem Leben gerissene Menschen. Ich höre den schweren Atem von Tante Erna, die durch die Spanische Grippe von Mann und vier Kindern weggeholt wurde, sie keucht hinter mir, wütend und verständnislos. Eine Prozession von verstorbenen armen Schluckern, die allesamt ihre gesunde Seele verkaufen würden, um sich auch nur einen einzigen Tag lang in dem Luxus suhlen zu können, der mir zuteil geworden ist.

Ihre Sache. Ich muss etwas trinken. Ich lebe nämlich. Ich bin jetzt an der Reihe.

Und sicher! Mein Gehirn leistet gute Arbeit, jawohl. Es ist fast nicht zu glauben nach all diesen Jahren. Fünf mal sechs minus zwei ist achtundzwanzig – und meine Geliebte hat den Apfelsinensaftkarton bis an den Rand mit Wodka gefüllt. Ich freue mich ehrlich darüber, dass sie schon so früh im Jahr auf Wodka umgestiegen ist, denn Gin bringe ich nur mit Mühe herunter. Normalerweise wartet sie mit dem Wodka, bis der erste Schnee gefallen ist, aber vielleicht haben die grünen Winter der letzten Jahre sie verwirrt. Ich fülle ein Milchglas zur Hälfte und kippe den Schnaps. Kalt und gut. Und wärmend. Auf dem Küchentisch liegt eine geöffnete Packung Mentholzigaretten, sie schmecken grauenhaft, aber ich brauche jetzt ein paar Züge. So. Bald werde ich wieder zum Menschen und die Toten sind tot und verschwunden. Ich stehe ganz still mitten in der Küche und warte. Im Film und im Roman kehren Lebenskraft und Wangenfarbe immer augenblicklich zurück, wenn man nach der Naturkatastrophe einen Schnaps kippen kann. Die Wirklichkeit ist anders. Da muss man ein wenig warten. Die Wirkung stellt sich ein, aber man muss ein wenig Geduld haben. Der vom Menthol verdorbene Tabak schmeckt grauenhaft, aber Zigarette ist eben doch Zigarette. Ich will mich nicht beklagen. Und bald werde ich mich zu mir und zu meinen eigenen Gewohnheiten hochschleppen können. Aber zuerst muss ich noch etwas erledigen. Meine Aufgabe für diesen Abend lautet, die Kioskkönigin ins Bett zu bringen. Ich brauche keine Hilfe. Das schaffe ich schon. Ehrlich gesagt mag ich solche Herausforderungen. Außerdem fällt mir dabei ein, dass ich sie liebe. Im Alltag kann ich ihr das nur selten zeigen. So sind wir Männer eben. Unbeholfen in der Liebe und überstürzt in der Erotik. Es ist doch unbeholfen, seine Liebe zu zeigen, indem man seine Lebensgefährtin auf einem Flickenteppich durch die Wohnung schleift, aber was sein muss, muss sein.

Ich trinke noch ein Glas. Die Tabletten haben sich im Alkohol aufgelöst und das Gift zieht vorsichtig sein Messer aus meinem Rückgrat. So. Nicht mehr jetzt. Ich lasse die Zigarette unter dem Wasserhahn erlöschen und werfe die Kippe ins Spülbecken. Gehe zurück ins Wohnzimmer. Mein Rücken bessert sich zusehends. Ich habe richtig Lust, jetzt zuzupacken.

Sie hat ihr Gesicht ins Erbrochene gedreht. Und liegt in einer Art verzerrter Embryohaltung auf dem Flickenteppich. Und wieder falle ich durch die Jahre in der Zeit zurück. Ich stehe auf dem federnden Moosboden neben einem kleinen Teich in Nordmarka; ich glaube, es muss Mitte der sechziger Jahre sein. Es ist Spätsommer, und Bäume und Pflanzen werden schon gelb, nach mehr als einem Monat mit wahrhaft tropischen Temperaturen.

Wie wir hergekommen sind? Wir sind gelaufen.

Wir sind damals immer gelaufen. Wir sind von der Innenstadt zum Sognsvann und dann weiter durch die Wälder gewandert. Auf Wegen und Pfaden. Wir waren dort oben überall und meistens haben wir am Wochenende im Zelt übernachtet, solange es warm genug war.

Ich sehe dieses Bild vor mir, als sei es erst gestern gewesen; ja, ich sehe es klarer als das Bild, in dem ich hier stehe und zu dem ich in diesem Moment gehöre. Ich war im Wald, um Blaubeeren zu pflücken, stellte aber bald fest, dass die Dürre die Beeren schon längst zum Verschwinden gebracht hatte. Als ich zurückkam, machte ich mir zuerst Sorgen, denn ich konnte sie nirgendwo sehen – und ich wusste, dass sie immer eine ziemliche Badenymphe gewesen war. Aber das Wasser lag schwarz und schweigend da, und diese Stille kam mir sofort unheimlich vor. Von dort aus, wo ich stand, konnte ich in das offene Zelt hineinschauen, es war leer. Ich ließ meinen Eimer fallen und machte einige Schritte in Richtung Ufer, ich rief nach ihr, mein Herz hämmerte los.

Aber dann sah ich sie. Sie lag auf einer kleinen Grasfläche unten beim Wasser, zusammengerollt, fast wie eine Katze. Sie schlief und war so nackt wie im Moment ihrer Geburt.

Ich setzte mich auf einen Baumstamm. Ich weiß nicht, wie lange ich dort sitzen blieb. Eine halbe Stunde. Vielleicht länger. Mich überkam ein Gefühl des Friedens, ja der Dankbarkeit dafür, dass ich in diese Wirklichkeit aus duftendem Wald und Spätsommerwärme hineingeboren worden war. Und darüber, dass mir eine Frau begegnet war, die diesen seltsamen Weg mit mir zusammen gehen mochte. Sie lag dort unten am Wasser und schlief. Wenn ich wollte, könnte ich die wenigen Meter hinter mich bringen und sie wecken. Und ich wusste, dass sie beim Erwachen lächeln und mich vielleicht zu sich hinunterziehen würde. Denn so war sie. Ein Schellentenpaar vor dem anderen Ufer tauchte nach Fischen. Eine Libelle stand über dem Wasserspiegel still, grün schimmernd, während ihre kräftigen Flügel einen tiefen vibrierenden Ton aussandten. Dieses Geräusch lähmte mich beinahe, es wirkte hypnotisierend auf mich. Meine Sicht wurde unscharf und Grete wurde zu einem weißen Flecken in einer grünen, gelben und blauen Umgebung.

Jetzt sagt sie etwas im Schlaf oder vielleicht in der Ohnmacht, das ich nicht verstehen kann.

Ich gehe zu ihr und packe wieder den Flickenteppich.

– 4 –

Ihr erstes Buch. «Ein Leutnant für Julia». Ich hatte nicht einmal geahnt, dass sie selbst schrieb, das verriet sie mir eines Abends spät, als wir schon ins Bett gegangen waren. Und dort noch lasen. Draußen wütete ein Unwetter, es war im November 1969.

«Du?», fragte sie.

«Ja?», sagte ich.

«Ich glaube, ich habe ein Buch geschrieben.»

Ich sah sie an. «Was sagst du da? Du hast ein Buch geschrieben? Wovon handelt das denn?»

«Von der Liebe natürlich. Das ist doch mein Fach.»

Ich freute mich an diesem Abend so sehr. Vor allem natürlich für Grete, ich fand das einfach großartig. Was für eine Vorstellung! Ein ganzes Buch! Dass sie schreiben konnte, wusste ich natürlich. Sie durfte bei ihrer Zeitschrift schon seit langem selbst Artikel verfassen, und ihre Texte hatten Witz und Spannung. Aber ein Buch! Ein Roman mit erdichteter Handlung. Das war etwas anderes. Also stand ich auf. Ich fand, wir hätten etwas zu feiern. Und zu Gretes schwachem Protest ging ich nackt in die Küche und holte eine gute Flasche Rotwein und zwei Gläser. Damals tranken wir an Werktagen nichts, aber es war ja kein normaler Werktag. Ich fand, wir könnten uns ein paar edle Tropfen durchaus gönnen.

«Na, dann Prost», sagte ich und reichte ihr ein Glas.

Wir stießen an. «Ehrlich gesagt, Astor – ich weiß ja nicht einmal, ob dir das Buch überhaupt gefallen wird.»

«Ach, sicher», sagte ich. «Das tut es bestimmt. Wenn nur alles gut ausgeht.»

Wenn nur alles gut ausgeht. Darauf kommt es an. Dass aus dem Chaos eine gewisse Ordnung erwächst. Um Himmels willen, sie ist ja so schwer! Und dermaßen weggetreten! Und ich selbst ... naja. Wodka ist auch ein Schnaps, obwohl ich die braunen Varianten vorziehe. Ich muss jetzt ganz langsam vorgehen. Das weiß ich immerhin. Wir hätten beide nichts davon, wenn meine Rückenwirbel noch einmal durchdrehten, und wir haben ja schließlich die ganze Nacht Zeit. Sie muss ins Bett, und auf irgendeine Weise muss ich sie von den nassen Kleidern befreien, aber wir haben Zeit, eins nach dem anderen, wie man sagt. Das Problem ist, dass ich sie durch die Küche bugsieren muss. Und vor Wohnzimmer und

Arbeitszimmer lauern hohe Türschwellen. Ich werde mich bücken müssen, damit ihr Kopf nicht gegen das harte Holz schlägt. Oder ich kann ganz heftig am Flickenteppich rucken und sie auf diese Weise über die Schwelle heben. Aber ich muss nicht nur auf ihren Kopf achten. Sie ist zwar fett, aber aus irgendeinem Grund sind ihre Knochen zerbrechlich wie Porzellan. Falls ich zu hart zupacke, wenn ich sie über das Hindernis ziehe, können ihre Rippen brechen, eine nach der anderen. Ich löse das Problem, indem ich sie auf den Rücken drehe. Ihr Rücken macht keine Probleme, jedenfalls hat sie nie welche erwähnt. Und mit gewaltiger Kraftanstrengung kann ich sie über die Schwelle und in die Küche schaffen.

So weit, so gut. Aber ich bin wirklich schon total erledigt. Ich merke jetzt, dass ich ganz behutsam vorgehen muss, wenn mein Rücken diese Aktion überleben soll. Ich kann aber ihren klaren Schnaps nicht mehr ertragen. Und weitere Mentholzigaretten erst recht nicht. Jetzt brauche ich meine eigene Ware. Warum in aller Welt habe ich nicht hier unten im Erdgeschoss eine Flasche und eine Packung Tabak deponiert? Ich drehe sie in eine Art stabile Seitenlage, für den Fall, dass sie sich noch einmal erbricht, und schleppe mich wie ein Greis durch das Wohnzimmer. Vorbei an Georg, meinem Urgroßvater, der dreiundneunzig Jahre alt wurde und nach vier Stunden Krankenlager einschlief, ohne dass irgendwer feststellen konnte, was ihm gefehlt hatte. Er kommt aus seiner Tischlerwerkstatt auf der anderen Hofseite, er will nur ein kleines Nickerchen machen, er fühlt sich so seltsam müde. Als er aufwacht, stellen er und die restliche Familie verwirrt fest, dass er nicht aufstehen kann. Und vier Stunden darauf ist Schluss. Keine Schmerzen, rein gar nichts. Er ist Ovidia in die Ewigkeit gefolgt, sie hat fast fünfzehn Jahre Vorsprung, aber jetzt ist er ihr auf der Spur.

Warum denke ich die ganze Zeit an Georg und Ovidia? Ich glaube, weil sie alles darstellen, was ich nicht bin und niemals werden kann. Den grundsoliden Menschen, der bei der Arbeit bleibt, bis er umfällt. Aber wenn ich in späten Nachtstunden bruchstückhafte Gespräche mit ihnen führe, fehlt dem Ganzen jegliche Romantik. Ich wünsche mich nicht zurück. Ich träume mich nicht in Georgs Rolle hinein. Aber ich habe eben dieses Gefühl, dass mein Leben dahinfließt. Dass ich in gewisser Hinsicht überflüssig bin. Mich quält die Tatsache, dass ich jahraus, jahrein an einem Bild herumflicke, das sich in seine Bestandteile auflöst. Und, schlimmer noch: an einem Bild, das nur für mich und für sie, die es nicht einmal sieht, irgendeinen Wert und irgendeine Bedeutung hat. Jetzt wird sie gewaschen und ins Bett gebracht, das ist in Ordnung so. Aber morgen, wenn sie erwacht, wird sie ganz normal aufstehen und nicht einmal danach fragen, wie sie ins Bett gekommen ist. Ich bringe den Abfall weg und säubere die Toilette, wenn ich alles zu peinlich finde. Ich könnte es auch lassen. Das ist nun mein Leben geworden. Ich suhle mich in Alkohol und Gretes Millionen und tue Dinge, die niemand sieht. Ich verschiebe Gegenstände, die niemand braucht, und denke Gedanken, die einfach nur überflüssig sind. Mir fehlt das Prickeln, das es in der Beziehung von Georg und Ovidia gegeben haben muss. Ihre Ehe war arrangiert, na gut. Grete hat mich gewählt und ich sie. Wir hatten viele gute Jahre. Eine Beziehung basiert auf zwei Menschen, die gemeinsam eine Last tragen; ich kann mich nicht von dem Gefühl befreien, dass wir uns von dieser Tatsache entfernt haben. Das ist im Grunde alles. Oder, anders ausgedrückt: Das ist unendlich viel mehr. Georg und Ovidia hatten keine Zeit für solche Erkenntnisse. Sie mussten ihre Last tragen. Manchmal, wenn ich hier vor meinem Whiskey sitze, sehe ich darin eine große Freiheit.

Ich weiß es ja. Dass sie, mit der gemeinsam ich meine Last trage, sich zur Sprecherin für die Diktatur der rosaroten Wolken gemacht hat. Dass sie an einem Bild mitwirkt, das in seinem Strahlenglanz jedes von Menschen gelebte Leben erbleichen lässt. Sie nennt ihre Taten «Unterhaltung». Ein neues Wort von fast unfassbarem Gewicht.

Während der letzten Nächte habe ich über die Liebe nachgedacht. Aber anders als die meisten anderen greife ich nicht zum Sternenfernrohr, um sie zu finden. Ich suche im Mikrokosmos. Genauer gesagt im eigenen Haus. Mir geht auf, wie seltsam es ist, dass sich die Liebe mir in Gestalt einer übergewichtigen Unterhaltungsexpertin zeigt, die kotzend auf einem Teppich liegt.

Ich weiß noch, wie ich damals begriffen habe, dass ich Grete Reim liebte. Wie die Erkenntnis kam, dass die Verliebtheit ein Ende genommen hatte und dass ich jetzt in tieferem Wasser schwamm. Es war ein ganz normaler Tag in Kopenhagen und wir hatten vom Hotelfrühstück ein bisschen Brot mitgenommen. Damit fütterten wir nun die Enten in Nyhavn. Und etwas an der Art, wie sie die Brotstückchen warf …

Tiger sitzt auf der Treppe und putzt sich. Er feuchtet mit seiner rosa Zunge die linke Pfote an und schiebt sie dann blitzschnell hinter sein Ohr. Diese Bewegung ist ihm sozusagen einprogrammiert. Der Impuls liegt in seinen Genen, die heiligen Katzen der Pharaonen haben sich auch nicht anders verhalten. Aber er ist nicht dazu programmiert, mich aufzusuchen, sich an mich zu halten als an eine Art untergeordneten Verbündeten. Er tut es trotzdem. In einer Juninacht kommt er von Gott weiß woher angeschlichen. Er bleibt unten auf dem Rasen stehen und schaut hoch zu mir, der hinter den offenen Fenstern zum Garten an seinem Schreibtisch sitzt. Und dann maunzt er dem Bild, das er dort sieht, zu, der Hunger reißt ihm am Gedärm und er weiß, dass Gestalten wie ich gute Jäger sind, solange die Jagdgründe sich auf Kühlschrank und Speisekammer beschränken. So fängt alles an. Mit einer Schale Milch und zwei Fischklößen, die ich auf die Veranda stelle. Eigentlich habe ich nie einen besonderen Draht zu Tieren gehabt, und ich versuche gar nicht erst, mich bei ihm einzuschmeicheln. Aber Tiger bleibt. Er ist kein Hinterhofkater, er ist wohlgenährt, sein Fell glänzt, der Hunger, den er jetzt verspürt, quält ihn noch nicht lange. Innerhalb eines verhältnismäßig kleinen Radius sitzen jetzt zweifellos ein oder gleich mehrere Menschen, die sich für seine rechtmäßigen Besitzer halten. Mit gefüllten Fressnäpfen. Und wenn er weiterzieht, wird er in dieser alten Wohngegend eine ganze Armee von grauhaarigen Witwen finden, die für eine Freundschaft mit einem so feschen Kater den rechten Arm und das linke Bein hergeben würden. Aber Tiger bleibt bei mir. Er macht seine Runden, seine täglichen Expeditionen, und wenn seine Hormone das fordern, findet er eine Mieze oder am liebsten gleich mehrere. Aber er kehrt von seinen Streifzügen immer zurück. Es ist schon über vier Jahre her, dass er dort draußen im Garten aufgetaucht ist. Ich habe in der Tür zur Veranda für ihn einen Katzeneingang angebracht. Unter gewissen Protesten der Königin des Hauses, denn solche alten Türen sind nirgendwo mehr zu haben. Hier wohnt er nun. Er wird hier bleiben, solange er lebt, oder zumindest, solange Grete und ich leben. Und wir werden nie erfahren, warum, weder sie noch ich.

Ich nehme mir eine Stufe nach der anderen vor. Langsam, aber sicher nähere ich mich meinem eigenen Giftlager.

«Ist schon gut», sage ich. «Hier kommt bloß der Fettsack.»

Er mustert mich aus einem gelben und einem grünen Auge. Diese Augenfarben bedeuten, dass er stocktaub ist.

– 5 –

Auf halber Höhe der Treppe hängt ein großes gerahmtes Schwarz-Weiß-Foto. Ich habe es selbst aufgenommen. Es zeigt Grete, in Shorts und Turnschuhen, unten am Ufer des Loch Ness. Sie lächelt wie immer auf Bildern und hat sich ein Sofakissen unter ihren selbst gestrickten Pullover geschoben. An ihrer rechten Hüfte lugt ein bestickter Zipfel hervor. Sie hat das Bild schon mehrere Male von der Wand genommen, aber ich habe es jedes Mal wieder aufgehängt. So viele Erinnerungen sind damit verbunden. Ich weiß ja, dass sie es deshalb in regelmäßigen Abständen herunternimmt, aber ich hänge es dann eben wieder auf. Im Laufe der Jahre ist diese Treppe schließlich meinem und Tigers Territorium zugefallen. So kommt es mir vor. Wir haben nie darüber gesprochen.

In der ersten Nacht beim Urquhart Castle blieb ich sitzen, bis die Uhr fast halb fünf zeigte. Im Haus war alles still. Als wir früher an diesem Tag in Fort Augustus Station gemacht hatten, hatte Grete ziemlich heftig getrunken, und deshalb musste ich den Mietvertrag unterzeichnen und die Schlüssel holen, ehe ich sie ins Bett bringen konnte. Später wärmte ich mir in der fremden Küche den Inhalt irgendeiner Konservendose auf, trank Tee und setzte mich ins Wohnzimmer. Das niedrige Steinhaus war einfach eingerichtet. Weiß gekalkte Wände, nicht ein Bild oder ein Bücherregal. Ein Sofa. Zwei Stühle. Ein Eckschrank, ein Kamin und ein Tisch. Die Fenster hatten keine Vorhänge, die Fensterbänke waren nackt, ohne Blumen oder Ziergegenstände. Im ersten Stock, der eigentlich nur ein Halbgeschoss war, lag ein Schlafzimmer. Mir gefiel das so. Ich hatte alles, was ich brauchte, und nichts störte meinen Seelenfrieden. Ich saß am Fenster und schaute hinaus auf den dunklen See, fast so, wie ich hier zu Hause auf den Fjord blicke. Es war eine dunstige Sommernacht, mit einem Halbmond, der sich ab und zu in einem Riss in der Wolkendecke zeigte. Loch Ness lag wie ein schwarzer Spiegel da. Und ich dachte, wenn dieser schwarze Spiegel jetzt Risse wirft und das geheimnisvolle Ungeheuer für einige Sekunden auftaucht, werde ich keiner Menschenseele davon erzählen. Ein solcher Anblick soll mein Geheimnis bleiben.

Natürlich passierte nichts. Ich gehörte aber auch nicht zu den Gläubigen. Ich hielt es für weniger als wahrscheinlich, dass dieser See etwas Unerklärliches enthalten könnte. Andererseits spürte ich in mir das Bedürfnis, an das Unmögliche zu glauben. So zu sitzen, abwartend und konzentriert, schenkte mir eine gewisse Befriedigung. Hinter meiner rationalen Einstellung, einer Einstellung, die auf der Tatsache aufbaute, dass sich die so genannten Beobachtungen der Echse im Loch Ness fast an einer Hand abzählen ließen, wobei dieser See doch seit Jahrzehnten andauernd überwacht wird, nährte ich den naiven Wunsch, die Wasserfläche möge etwas verbergen, das sich unserer täglichen Erfahrung entzog. Zugleich war es mir nur recht, dass der Mythos über das Urzeitungeheuer wohl ein Mythos bleiben würde. Als vor wenigen Jahren, mit emsiger Unterstützung durch norwegisches Fachwissen und norwegische Technologie, die bisher gründlichste Untersuchung des zweihundertsechzig Meter tiefen Sees durchgeführt worden war, hatte ich zu meiner Überraschung bemerkt, dass ich diesem Projekt einen gewissen Unwillen entgegenbrachte. Ich wollte die Gewissheit nicht, die diese Wissenschaftler der Welt schenken wollten. Ich wollte weiter zweifeln dürfen. Noch immer konnte ich mir sagen, dass die Existenz einer Kolonie von großen Tieren dort unten in der finsteren Tiefe zwar absolut unwahrscheinlich sei, aber andererseits ... Egal. Auch diesmal brachte die Untersuchung kein Ergebnis, das keinen Zweifel mehr übrig gelassen hätte. Nessie wurde nicht gefunden; andererseits konnten die Wissenschaftler von seltsamen Vorgängen berichten, die sich dort unten in der Tiefe abgespielt hatten. Das Echolot war auf etwas Undefinierbares gestoßen. Ich weiß nicht. Ich neige wohl vor allem zu der Erklärung, dass sie das gesagt haben, um den blühenden Fremdenverkehr hier am See nicht zu ruinieren. Wer offen sagt, Nessie existiere nicht, nimmt zugleich eine große Verantwortung auf sich. Auf jeden Fall steht eins fest: Als die Wissenschaft danach ihrer Wege ging, standen die Leute wie üblich am Ufer und hielten nach dem Unglaublichen Ausschau. Wir brauchen Mythen.

Und ich denke mir, dass es sich mit der Sehnsucht der Menschen nach erdichteter Liebe im Grunde ähnlich verhält. Nach der Liebe, wie sie zwischen den rosa Einbänden von Grete Reims Büchern zu neununddreißig fünfzig zum Ausdruck kommt. Wir können nicht mit hundertprozentiger Sicherheit behaupten, dass es sie nicht irgendwo gäbe. Wir können nur sagen, dass wir sie nicht so erlebt haben. Nicht auf diese großartige Weise. Nicht so stürmisch und allumfassend. Wir, die wir das Glück hatten, sie zu finden, oder die wir auf jeden Fall glauben, sie gefunden zu haben, mussten uns an den fast unsichtbaren Zeichen orientieren. Der Art, wie sie den Enten Brot zuwirft. Dieser kleinen Angewohnheit, immer dann, wenn sie sich in eine Speisekarte vertieft, ihre Nase mit dem rechten Zeigefinger zu reiben. Oder ihrem Stammeln, wenn sie sich in Hitze redet und fast nüchtern ist.

Ich habe mich damit begnügen können. Mit dem Kräuseln der Oberfläche. Den Bewegungen, die andeuten, dass etwas die feine Haut zwischen Wunsch und Realität fast zerreißt. Trotzdem kaufen fast hunderttausend norwegische Frauen und Männer jedes neue Buch von Grete Reim. Sie wissen, dass sie das Mysterium nicht nur an die Oberfläche holt, sondern auch ans Ufer, wo es zu einem Preis von knapp unter vierzig Kronen bestaunt werden kann. Sie glauben vielleicht nicht, was sie dort sehen, aber sie sehen es ja trotzdem.

1970. Ein regennasser Sommer im schottischen Dorf. Grün. Kühl. Grete trinkt inzwischen zum Frühstück zwei Bierchen, die gleiten leichter durch die Kehle als Brot und Aufschnitt. Später machen wir lange Ausflüge. Sie hat dicke Bücher über britische und altnordische Geschichte mitgebracht, und auf unseren täglichen Spaziergängen erzählt sie eifrig über alles, was sie am vergangenen Abend gelesen hat – und über die große Romanserie, die sie jetzt plant. Eine Familienchronik, die sich von Kaupang in Vestfold um das Jahr 1000 über Shetland, Orkney, Schottland und Irland bis heute erstreckt, genauer gesagt bis zum Osloer Stadtteil Grünerløkka. Eine wahnwitzige Idee natürlich, aber sie glaubt daran, sie redet wie ein Wasserfall, sie verbreitet sich über Einzelheiten und die verschiedenen Personen. Hin und wieder habe ich ein wenig Angst, sie könne ganz und gar den Verstand verloren haben – aber es ist keine große Angst. Ich tröste mich damit, dass während der vergangenen zwei Jahrhunderte allerlei Dichtergattinnen sich ähnliche Hirngespinste anhören mussten. Grete Reim hat sich das Ziel gesetzt, das Alltagsleben kleiner Leute zu schildern, vom einäugigen Leibeigenen Varg, der um das Jahr 1000 in dem alten Handelsort in schlechte Gesellschaft gerät, bis zu Ella Hansen, die Ende der sechziger Jahre als Packerin in der Osloer Schokoladenfabrik Freia eine feste Stelle findet. Es ist Wahnsinn, aber es ist ihr Plan. Und wie es sich später herausstellen wird – sie setzt ihn auch in die Tat um. Acht Jahre später, nach siebenundzwanzig Bänden zu dreihundert Seiten, hat sie Millionen verdient.

Wir gehen am Ufer dieses sagenumwobenen Sees entlang, an einem Sommermorgen mit Nieselregen und Nebel. Es ist kühl. Wir haben uns dick angezogen, Pullover und Regensachen. Die Millionen sind nicht einmal ein Traum, ebenso wenig wie die meterlangen Rechnungen des Alkoholladens. Ich erzähle ihr über den irischen Mönch Adamnán, der an allem schuld ist. In einer seiner Schriften lesen wir, wie er zusehen musste, dass ein Mann hier am Ufer des Loch Ness von einem Ungeheuer getötet wurde.

«Wie lange ist das her?» Sie schaut mich interessiert an. Und das, was mich jetzt anschaut, ist die Autorin in ihr. Das habe ich immerhin gelernt.

«Ach, den Leibeigenen Varg und seine verworfenen Kumpanen kannst du vergessen», meine ich. «Die kannst du nicht mit Adamnán in Verbindung bringen. Das war 565.»

«Herrgott! Willst du damit sagen, dass dieses Ungeheuer hier vierzehnhundert Jahre sein Unwesen getrieben hat, ohne dass irgendwer ... ohne dass irgendwer es sich genauer angesehen hat?»

Ja. So ist es nämlich. Generationen kommen und Generationen gehen und die Menschen sind auf und an dem See unterwegs. Keiner sieht auch nur den Schwanz von etwas, das an ein Ungeheuer erinnert. Erst im Jahre 1930 fällt drei Fischern irgendetwas auf. Ihre Geschichte kommt in die Zeitungen, und damit ist der eigentliche Startschuss gefallen. Nach 1930 häufen sich die Berichte. Und schon 1934 wird das erste Foto von Nessie veröffentlicht. Ein gewisser R. K. Wilson, ein Londoner Gynäkologe, fotografiert etwas, von dem er der Welt weismachen will, es sei das Ungeheuer. Das Objekt hat verdächtige Ähnlichkeit mit einer Baumwurzel, aber das spielt keine Rolle. Das Märchen hat seinen Anfang genommen.

Wir waren stehen geblieben. Sie stellte sich auf Zehenspitzen und küsste mich.

«Jetzt sieh das doch mal ein wenig lockerer, Astor! Wer in aller Welt braucht eine Baumwurzel? Natürlich existiert das Ungeheuer. Dieser Wilson ist außerdem ein Geschenk des Himmels. Londoner. Gynäkologe! Du lieferst mir ja großartige Ideen!»

Ich musste lachen. «Wenn ich das richtig in Erinnerung habe, dann litt er noch dazu an einer Lungenkrankheit. Er war vor dem Londoner Nebel hierher geflohen.»

«Ich liebe dich!», sagte sie. «Ich hab dich ungeheuer lieb.»

Dann lief sie nach Hause zur Schreibmaschine.

Später sollte ich das noch viele Male wieder erleben: Gretes ungeheures Talent dafür, sich einen Satz, einen Namen oder eine Situation zu Eigen zu machen und darauf die Handlung eines Buches aufzubauen. Dass ich auf einem Spaziergang am Loch Ness zufällig den Gynäkologen R. K. Wilson und seine Leistung für den Nachweis von Nessies Existenz erwähnte, brachte sie sofort auf die Idee zu dem, was ihr erster Bestseller werden sollte. Sie schrieb «Die finstere Tiefe» in einer guten Woche und recherchierte gleichzeitig für die geplante Serie. Der Titel bezieht sich auf die real existierende finstere Tiefe unter der Oberfläche des Loch Ness und auf die seelischen Abgründe von zwei verkümmerten Menschen. Die beiden Menschen nämlich zeigen bereits im ersten Kapitel, dass in beiden ihre ganz persönliche Nessie haust, sie tragen beide ihr Ungeheuer mit sich herum. Er, der Gynäkologe, hat Krebs. Sie, Mary McNab, ist schwanger, doch sie will dieses Kind nicht, ein Kind, das sie zusammen mit dem grüblerischen und menschenfeindlichen John gezeugt hat, ihrem leiblichen Bruder. Die Zufälle oder, genauer gesagt, ein von meiner Frau gelenktes Schicksal, führen Wilson und McNab zusammen. Er ist auf der Flucht, er weiß, dass er sterben muss, doch er sucht Schottlands wilde Natur in einer Art rührendem Versuch auf, sich vor Torschluss noch mit den Elementen zu versöhnen. Sie wohnt in einer schlichten Steinhütte beim Loch Ness, Freunde und Familie haben sie verstoßen. Tief deprimiert wegen der wenig ersprießlichen Rolle als Außenseiterin im Dorf und wegen des Hexenkindes, das in ihrem Bauch strampelt, haust sie hier. Die Menschen der Gegend halten sie für verrückt. Sie hat nämlich schon als Kind behauptet, dass es das Ungeheuer im See wirklich gibt. Sie hat es immer wieder gesehen und im Stillen einen Pakt mit ihm geschlossen, da immer mehr Menschen aus ihrem Dorf sich von ihr abgewandt haben. Worin dieser Pakt eigentlich besteht, vergisst Grete ganz einfach zu erzählen – was aber keinen Leser und keine Leserin weiter gestört zu haben scheint. Wichtig ist, dass R. K. Wilson sich in einer stürmischen Nacht zu ihrer Tür schleppt. Bis auf die Haut durchnässt und ausgehungert. Mit Fotoapparat. Mary ihrerseits ist in ihrem armseligen Wohnraum mit einer schwierigen Geburt beschäftigt. R. K. Wilson entbindet sie von dem Kind, das am ganzen Leib stark behaart und außerdem eine Totgeburt ist. Bei Nacht und Nebel versenkt er es vor Urquhart Castle im See – dort, wo das Loch Ness am tiefsten ist. Und dann geht es Schlag auf Schlag. Zärtliche Klänge tönen zwischen der Ausgestoßenen und dem zum Tode Verurteilten. In einer dramatischen Szene bringen die beiden gemeinsam Marys bösen Bruder um und lassen ihn denselben Weg nehmen wie sein totes Kind. Gegen Ende des Buches kann Wilson das später so berühmte Foto von Nessie aufnehmen und auf diese Weise die Ehre seiner Geliebten wiederherstellen. Im letzten Kapitel bringt ein Kurier einen Brief aus London. Es stellt sich heraus, dass im Krankenhauslabor eine Verwechslung geschehen ist. Der Gynäkologe und Hobby-Fotograf R. K. Wilson ist doch kein Todgeweihter. Wer sterben muss, ist eine Person, die im Buch nicht die geringste Rolle spielt.

Und wenn sie nicht gestorben sind... Und schon waren achtzigtausend Exemplare verkauft. Übersetzungen ins Isländische, Dänische, Schwedische und Finnische. Lächerlich natürlich. Aber einträglich.

Wie gesagt: Sie brauchte kaum mehr als eine Woche, um dieses Machwerk zusammenzuschmieren. Denn es war ein Machwerk. Und Grete war die

Erste, die das zugegeben hätte – jedenfalls mir gegenüber.

In der Woche, in der sie wie besessen mit R. K. Wilson und Mary McNab herumwütete, hatten wir unseren ersten Streit. (Es war der «schwierige Roman Nr. 2», wie die Kritiker das gern nennen.) Sie wollte als Teil ihrer Arbeitsmethode Rollenspiele einführen. Ich wollte das nicht. Vierundzwanzig Stunden lang weigerte ich mich kategorisch, in die Rolle des Gynäkologen R. K. Wilson zu schlüpfen, des eingebildeten Kranken aus dem Londoner East End.

Nie im Leben!

«Meine Güte, Astor! Das ist doch bloß ein Spiel. Es würde mir bei den Dialogen helfen, das ist alles.»

«Es ist ein *krankes* Spiel. Ich würde mir einfach nur albern vorkommen. Ich bin Bankangestellter. Vom Theater habe ich keine Ahnung.»

Als Kind hatte ich in der Schule in einem Krippenspiel den Josef dargestellt. Ich war dazu wirklich gezwungen worden. Und noch heute kann ich ohne die allergeringste Belustigung an diese Aufführung denken. Es war einfach grausig. Totaler Blackout und natürlich der Riesenerfolg. Eltern strömen schließlich nicht in die Turnhalle der Schule, um sich einen fehlerfreien Durchgang des Weihnachtsevangeliums vorsetzen zu lassen. Sie finden es wunderbar, wenn die Engel auf dem Felde über ihre Laken stolpern, wenn die Schafe losprusten und wenn Maria ihrer in der ersten Reihe sitzenden Mutter zuwinkt. Und ein mit den Tränen ringender Josef mit grauenhaftem Lampenfieber kann so einem Stück dann wirklich nicht schaden.

«Himmel», sagte sie. «Jetzt bist du einfach nur noch kindisch. Wir sind hier doch allein. Nimm dir jetzt frei von der Bank, Astor! Leg deinen Schlips ab. Sei nicht so verdammt steif!»

Und genau dieser Spruch machte mich wütend. Ich hatte das Klischee des grauen, langweiligen Bankangestellten gründlich satt. Und das brachte ich auch klar und deutlich zum Ausdruck.

Sie trank ihr Glas aus und schenkte nach. «Aber im Moment bestätigst du dieses Vorurteil ja gerade. Du *bist* langweilig. Du steckst so voller Hemmungen, dass du dich nicht einmal mit deiner eigenen Frau an einem unschuldigen kleinen Spiel beteiligen kannst. Ich bitte dich um Hilfe, damit ich mit meinem neuen Projekt in Gang komme!»

Projekt! Ich fing an, ihr erstes Buch herunterzumachen, und ein Wort gab das andere. Bald waren wir in einem bösen und restlos idiotischen Streit verfangen. Verzweifelt und wütend schüttete ich mich dann selbst auch mit Schnaps voll und ging natürlich zu weit in meinen Beschimpfungen. Sie auch. Das Ganze wurde zu einem Schaulauf in spitzen Formulierungen und unsachlichen Charakterisierungen.

Am Ende rannte sie nach oben ins Schlafzimmer und knallte mit der Tür. Wie mitten in einem Buch mit rosa Einband. Ich stand unten allein im Zimmer und hörte ihr verletztes Weinen. Ich konnte es nicht ertragen. Ich hatte ein dermaßen schlechtes Gewissen, dass ich am liebsten laut geschrien hätte. Ich war zu einem konfliktscheuen Jungen erzogen worden. Meine Eltern duellierten sich mit gehobenen Augenbrauen oder schneidenden Sarkasmen. Mich bestraften sie mit Blicken und Kopfschütteln. Es kam vor, dass ich Gott anflehte, sie sollten mich schlagen und ausschimpfen und anschreien, damit der Fall danach ein für alle Mal erledigt wäre. Stattdessen konnten sie Tage damit verbringen, sich stumm und unnahbar in ihrer Empörung zu suhlen. Und ich träumte von der heftigen Abrechnung, doch wenn sich dann die Gelegenheit bot, im Freundeskreis oder bei der Arbeit, konnte ich damit nicht umgehen. Ich hatte zu viele Jahre in der Tiefkühltruhe der Oscarsgate verbracht. Mir wurde buchstäblich schlecht, wenn ich angeschrien wurde. Und jetzt hatte Grete mich zum ersten Mal angebrüllt.

Deshalb kroch ich nach einer halben Stunde zu Kreuze. Ich ging hinauf in den ersten Stock und zu ihr ins Schlafzimmer.

«Ich hasse dich», sagte sie, ihr Gesicht im Kissen vergraben.

«Ich auch», sagte ich. «Und deshalb möchte ich so

schnell wie möglich ein anderer werden. R. K. Wilson zum Beispiel.»

«Ich bin nicht mehr in Stimmung dazu.»

«Mary», sagte ich. «Miss McNab! Der Satz kommt erst später im Text. Ich glaube, so drückst du dich aus, als ich nach der schrecklichen Geburt zum ersten Mal versuche in deine Kammer einzudringen.» Ich berührte vorsichtig ihren Kopf. «Verzeih mir.»

Sie drehte sich um. «Ich begreife nicht, wie wir einander so schreckliche Dinge sagen können.»

«Wir tun so, als ob wir gar nichts gesagt hätten», schlug ich vor. «Wenn du jetzt ablehnst, bist du feige. Ich meinerseits bin bereit für R. K. Wilson.»

Sie setzte sich auf. «Erst muss ich was trinken. Du hast mich total aus dem Gleichgewicht gebracht.»

Man fühlt sich ja wie ein Idiot, wenn man auf so etwas eingeht. Andererseits kann man ja auch selbst einen oder zwei trinken und sehen, ob das vielleicht hilft.

Es war ein Uhr nachts. Nach Gretes Ansicht waren die Verhältnisse perfekt. Es regnete Hexen. Sie war hochschwanger von ihrem psychopathischen Bruder und watschelte betrunken mit diesem Sofakissen unter dem Pullover durch das Wohnzimmer. Ich beschloss, das Humoristische an der Situation zu sehen, als sie mich ins Unwetter hinausbefahl. Authentisch sollte es sein, sie brauchte mich nass, wie sie sagte.

Na gut, sagte ich. Nass, wird gemacht. Ich war selbst auch ziemlich voll, und das Adrenalin, das nach dem stundenlangen Streit in meinen Adern pochte, verstärkte die Wirkung des Alkohols. Ich taumelte hinaus in die Dunkelheit und steuerte das Loch Ness an, das irgendwo dort draußen im Nichts lag. Ich konnte so gut wie nichts sehen. Ich war zum ersten Mal, seit ich als Josef zusammengebrochen war, ein anderer als mein wirkliches Ich. Ich war ein gewisser R. K. Wilson aus London. Wofür das R. K. stand, wusste ich nicht, aber wir hatten beschlossen, dass ich mich der Einfachheit halber Robert Wilson nennen sollte. Ich torkelte den Weg hinunter und versuchte mir vorzustellen, dass in meinem linken Lungenflügel eine wütende Krebsgeschwulst wachse. Dass ich sterben müsse. Das war alles andere als leicht, denn damals war ich so gut in Form wie ein junges Fohlen. Und jetzt, wo mein Zorn verflogen war, von den vielen Gläsern doch reichlich gut gelaunt.

Ich setzte mich auf einen umgestürzten Baumstamm und konnte mir nach vielen Versuchen eine Zigarette anstecken. Und während ich rauchend dort saß und authentisch triefnass wurde, dachte ich an das, was vorhin passiert war. Ich hatte verloren, daran ließ sich nun nichts mehr ändern. Ich versuchte also deshalb, das Positive am Ganzen zu sehen. Das Komische. Unsere Liebe hatte nun in Form eines aufreibenden Streits ihre erste wirkliche Probe bestehen müssen. Da war es doch zweifellos witzig, dass wir uns gestritten hatten, weil ich nicht das Zerrbild der Liebe spielen wollte.

Die Zigarette erlosch zwischen meinen Lippen, so heftig regnete es. Ich stand auf und machte mich wieder auf den Weg zum Haus. In meiner Fantasie war ich krank und schwach und stellte mir vor, dass ich seit Stunden durch die Gegend irrte. Ich war ein Londoner, ein Städter, und mein erster Versuch, mich in der Natur zurechtzufinden, war zum Fiasko geworden. Ich hatte mich in der Dunkelheit verirrt. Ich wusste nicht, wo ich war.

Dann sehe ich ein Haus. Gelbes Lampenlicht fällt durch das Fenster und lässt die Blätter an Bäumen und Büschen flaschengrün aufglitzern. Die Rettung. Ich klopfe an die Tür. Keine Reaktion. Ich klopfe noch einmal und spüre, wie mein alter Zorn aufs Neue auflodert. Führt sie mich an der Nase herum? Leert sie jetzt gerade ihr Glas und schüttelt sich vor Lachen? Hat sie die ganze Vorstellung vergessen und ist ganz einfach ins Bett gegangen? Dann fällt mir ein, dass bei Mary McNab doch soeben, vor der bevorstehenden Sitzgeburt, das Wasser abgegangen ist. In dieser Situation stürzt eine Frau ja wohl nicht an die Tür. Außerdem muss ich in Betracht ziehen, dass dieses plötzliche Klopfen mitten in der Nacht ihr vielleicht Angst macht. In den Dörfern rings um

Loch Ness gibt es keinen einzigen Menschen, der ihr wohl gesonnen wäre. Vielleicht kommt ja sogar der gefühlskalte Bruder, den es nach einer weiteren Nummer gelüstet.

Dann wird die Tür aufgerissen. Und die Fantasien, die ich mit aller Gewalt ernst zu nehmen versucht habe, sind sofort verflogen. Denn in der kurzen Zeit meiner Abwesenheit hat Grete es geschafft, um einiges betrunkener zu werden. Jetzt klammert sie sich an ihrem Glas fest, ohne Kissen vor dem Bauch, und blökt: *«Doctor Wilson, I presume?»*

«Okay», sage ich. «Das ist nicht gerade witzig.»

«Na gut. Wir machen es noch einmal.» Die Tür wird zugeknallt. Und als sie dann geöffnet wird, hat Grete wirklich den Versuch gemacht, sich zusammenzureißen. Sie hat ihr Glas weggestellt und das Kissen wieder an Ort und Stelle gesteckt. Mit Wehen in der Stimme und verängstigtem Blick, als stehe keine andere als Nessie persönlich auf ihrer Türschwelle, kann sie zwei Fragen hervorstottern, die sich auf meine Identität und meine Absichten beziehen. Sie presst sich die Hände gegen den Schritt und sinkt gegen den Türrahmen.

Ich beschließe, in diesem Moment auf eine Antwort zu verzichten. Packe sie, als sie überzeugend umsinkt, und verpasse gleichzeitig der Tür hinter mir einen Tritt. Dann trage ich Grete ins Wohnzimmer und lege sie vorsichtig vor dem Kamin auf den

Boden. Ich komme mir vor wie ein Idiot, ich bin ein Idiot, aber ich zwinge mich in die Rolle des Robert Wilson.

Nach und nach wird es ja auch ein wenig witzig. Das muss ich zugeben. Eine Art krankes Gesellschaftsspiel für zwei Personen. Mary McNab schreit und leidet und Wilson, der im Grunde nicht viel Ahnung von Geburtshilfe hat, zieht und zerrt an dem bestickten Sofakissen. Und zwischendurch trinkt er. Große Schlucke aus der Schnapsflasche auf dem Boden. Und als ich dann endlich das Kissen aus der Umklammerung durch Gretes Oberschenkel befreien kann, starren wir beide entsetzt die behaarte Leiche an, ehe die Schottin in sich zusammensinkt und unzusammenhängend über ihren Pakt mit Nessie redet, diesen Pakt, den sie später im Buch zu beschreiben vergisst. Egal. Ich übernehme feierlich die Rolle des Opferpriesters, erkläre mich bereit, das Neugeborene ins dunkle Wasser des Loch Ness zu werfen. Aber auch ich bin inzwischen sternhagelvoll, deshalb begnüge ich mich damit, das Sofakissen durch die Tür in die Nacht hinauszuschleudern. Als ich ins Wohnzimmer zurückkomme, hat Grete Reim Mary McNab mit sich in tiefen Schlaf gezogen. Der erste Akt ist zu Ende.

Aber es folgen weitere. Schon am nächsten Morgen, bei dem, was eigentlich ein Frühstück hätte sein sollen, geht es weiter. Trotz ihres gewaltigen Katers kann sie ganz hervorragend den klagenden Tonfall annehmen, der unserer Ansicht nach typisch für eine Frau sein muss, die soeben ihr unerwünschtes Kind verloren hat. Sie bittet mich zu bleiben. Sie schenkt für mich Tee und für sich Bier ein und sie fleht mich an, nicht in meinen Landgasthof zurückzukehren. Sie hat Angst. Angst vor ihrem grauenhaften Bruder. Angst vor ihren Vettern, vor ihren Onkeln und ihrem Vater. Außerdem ist es doch gut, einen Gynäkologen im Hause zu haben. Sie fürchtet die Nachwirkungen der verkorksten Geburt, plötzliche Blutungen und lähmende Krämpfe. Um es ganz klar zu sagen: Grete spielt die Rolle der Mary McNab beängstigend gut. Beängstigend, weil mir plötzlich aufgeht, dass ihre Angst real ist. Sie verpackt sie in allerlei Gefasel über erdichtete Familienmitglieder und Gewalttaten, aber was ich hier zum ersten Mal miterlebe, ist ein Anfall wahrer Höllenangst.

«Hör auf», sage ich. «Um Himmels willen.»

Ich habe das Gefühl, ein Radio ausgedreht zu haben. Sie sitzt ganz still da und trinkt ihr Bier.

Dann sagt sie: «Tut mir Leid. Das hat mich einfach so überkommen. Manchmal kann ich es einfach nicht ertragen, in diesem Körper anwesend zu sein. Und dann muss ich zu einer anderen werden.»

Ich stammle meine eigene Hilflosigkeit heraus. Ob ich etwas für sie tun kann.

«Ist schon gut, Astor. Es geht schon vorbei. Lass mich für diesen Tag allein. Mach einen langen Spaziergang.»

Das tat ich dann. Ging. So unreif war ich. Ich glaube, das war meine erste Begegnung mit der Einsamkeit eines anderen Menschen. Und ich konnte nicht damit umgehen. Ich glaube, da und dort habe ich alles aus dem Griff verloren.

Das Arbeitszimmer. Die Flasche mit dem braunen Schnaps. Der Tabak. Ich setze mich in den Sessel und nehme Tiger auf den Schoß. Und ich frage mich: Wo wäre ich heute ohne Den Anderen Menschen? Ohne die Frau, die ohnmächtig dort unten liegt? So wie ich sie getragen, geschoben und geschleppt habe, hat sie mich getragen, geschoben und geschleppt. Und doch: Wenn ich bei unserer ersten Begegnung von dieser Last gewusst hätte, die uns auferlegt werden sollte, ich hätte die Flucht ergriffen. Ich hätte die Erstbeste genommen, wenn sie nur das Erwartete, das Durchschnittliche, das Vorhersagbare hätte bieten können. Aber es kam anders. Ich lernte eine Frau kennen, die mir etwas zeigte, was ich nicht verstehen konnte und nicht verstehen kann. Und mit dem Älterwerden, bald werde ich das erreichen, was «Alter» genannt wird, verlieren sich die monumentalen Fragen nach Sinn und Zweck. Ich finde mich in einem Sessel wieder, mit einem Glas in der Hand und einem schlafenden Kater auf dem Schoß – und einem grenzenlosen Gefühl von Demut. Dankbarkeit dem Leben gegenüber, das mir trotz allem zuteil geworden ist, Demut allem Lebenden gegenüber, das mir begegnet. Dem Kater. Meiner Frau. Dem Postboten und den Müllmännern. Den Bäumen im Garten. Immer häufiger spreche ich mit Gott. Ich plaudere mit Gott wie mit einem alten Freund. Ich erzähle ihm von meinen Magenschmerzen und meiner Morgenangst. Von Dingen, die ich in der Zeitung lese. Aber wenn ich bete, dann bete ich ein schlichtes Gebet. Mein Gebet lautet so: «Halt mich fest!» Lass meinen Kragen nicht los, wenn morgens der Alkohol ausbrennt, in diesen Stunden, wenn der Selbstmorddrang seinen Höhepunkt erreicht. Halt mich fest. Es hat keinen Sinn, um mehr zu beten. Für die, die sich sicher fühlen, ist dieses Gebet lächerlich. Aber für mich verhält es sich jetzt so, dass Kraft und Energie in eine andere Zeit gehören, eine andere Wirklichkeit. Ich lebe auf geistiger Sparflamme, auf einer flackernden Flamme, die ich mit Grete Reim teile, der Frau, die sie die «Kioskkönigin» nennen.

Und wieder treibt der Whisky mich zurück ans Ufer des Loch Ness. Es ist ein wunderschöner Sommermorgen, zwei Tage, nachdem ich das gesehen hatte, was ich nicht sehen wollte. Wir haben alle Fenster geöffnet, frische Luft strömt durch die Zimmer. Unterhalb der Treppe, auf der wir sitzen, steht eine große Hecke. Sie duftet und Hunderte von Bienen sind damit beschäftigt, Nektar zu saugen und Blumenstaub zu verteilen.

«Es ist so schön», sagte sie. «Findest du nicht auch?»

Ich gab keine Antwort.

«Wir dürfen uns nie mehr so wehtun.»

Sie roch ein wenig nach Gin.

«Nein», sagte ich.

«Hab keine Angst, Astor. Zu Hause höre ich auf, so zu trinken.»

«Ich habe keine Angst», log ich.

Unten am Ufer stand ein älteres Ehepaar, mit Ferngläsern in der Hand. Sie musterten den blanken See. Aber nicht einmal eine Windrose brach die Oberfläche.

Ich drehte mich zu ihr hin. «Glaubst du, sie glauben das? Im tiefsten Herzen? Dass sich dort unten ein Tier aus der Vorzeit versteckt?»

Sie strich sich mit einer trägen, femininen Handbewegung die Haare hinter das rechte Ohr. «Warum nicht? Ich glaube, wir wollen glauben. An Gott und Ungeheuer und vielleicht sogar an die Liebe. Ich glaube, wir wollen Jagd auf Dinge machen, von denen wir nicht wissen können, ob sie existieren.»

– 6 –

Sie steht in der Tür. Das kann nicht möglich sein, aber sie steht in der Tür. Sie trägt ihren alten selbst gestrickten Pullover, aber das idiotische Kissen ist verschwunden. Ein seltsames flackerndes Licht füllt den Raum, wie der Widerschein eines weit entfernten Brandes. Ich merke, dass mir der Schweiß aus allen Poren strömt, und rieche, dass ich schon lange nicht mehr geduscht habe. Und dann befindet die Dusche sich in der Zimmerecke und Grete ist nackt. Sie ist nackt und duscht in meinem Arbeitszimmer, später sitzt sie ebenso nackt auf meinem Bett und reibt sich mit einem meiner Hemden die Haare trocken. Das macht nichts. Für mich ist alles in schönster Ordnung.

«Wir müssen raus aus Oslo», sagt sie. «Sonst trinke ich mich zu Tode.»

Na gut. Mir kommt das ganz natürlich vor. So verhält es sich nun einmal mit Oslo: Es ist eine Stadt, in der man sich sehr leicht zu Tode trinken kann. Wenn es so schlimm kommt, wird sie in guter Gesellschaft sein. Aber so schlimm soll es nicht kommen. Wir haben einen ganzen Kleiderschrank voller Geld, fällt mir plötzlich ein. Sehe es vor mir. Und dann schwebe ich über dieser verschlafenen kleinen Stadt; aus irgendeinem Grund liege ich auf dem Rücken und schaue schräg auf enge Straßen, Dächer und Kirchtürme hinunter. Es ist ein Ort, wo es ungeheuer schwer ist, sich zu Tode zu trinken, geht mir auf. Fast unmöglich. Eine Frau mit einem kleinen Kind an der Hand überquert den Marktplatz. Eine Fähre gleitet in den Fjord. Es ist Winter und still, alles ist von einer dicken Schneeschicht bedeckt. Ein ganzer Koffer voll Geld und natürlich kann ein Mann in meiner Position mit einem günstigen Darlehen rechnen. Außerdem werden Grete Reims Bücher überall angeboten, sie sind nicht zu übersehen. Sogar beim Friseur und im Metzgerladen sind ihre Bücher zur Hand, dicke Bündel von Geldscheinen wechseln die Besitzer und die Liebe ist allgegenwärtig. Irgendwer schwatzt uns eine Villa auf und die engen Zimmer in einem Osloer Mietshaus werden eingerissen, genauer gesagt, die Mauern bersten. Der Kioskroman-Magnat Henry B. Holm: Ich rieche ein Talent auf fünfzig Meter Entfernung. Sie ist ein Juwel. Ich werde es für dich zurechtschleifen. Und überall auf der Welt gibt es Banken. Es gibt Banken in Oslo und es gibt Banken in allen anderen Städten. Ich wechsle Stadt und Bank. Gehe aus der Bürotür und durch eine andere Bürotür, und da stehen Schreibmaschine, Rechenmaschine und Papierkorb, das blanke Parkett wird jeden Tag geputzt, wenn ich meine Arbeit verrichtet habe, und alles dort unten ist so sauber und still, so wunderbar still. So ganz anders als in der Hauptstadt, denn wenn hier unten Bank und Läden schließen, schließt auch die Stadt. Ich kann sehen, wie ich durch die verlassenen Kleinstadtstraßen nach Hause gehe, den Mantelkragen hochgeschlagen, denn der Wind kommt vom Meer. Ja, *nach Hause.* Ich habe mich noch nie dermaßen nach Hause bewegt wie in den ersten Jahren, nachdem wir hergezogen waren und eine ganze Villa besaßen, es war für mich ein ganz neues Gefühl. Ich greife zum Hammer. Ich esse zu Abend und dann greife ich zum Hammer. Überall, im Keller und auf dem Dachboden, in Wohnzimmer, Küche und Schlafzimmer ist etwas zu erledigen, wartet eine Aufgabe auf mich. Also greife ich zu Hammer, Säge, Farbeimer und der Leiter aus Leichtmetall, und die ganze Zeit klingt mir ihre Schreibmaschine im Ohr. Selbst jetzt, wo sie hier sitzt und sich die Haare trockenreibt, nackt und schlank, höre ich das Geräusch ihrer Finger auf der Tastatur, und dann ist sie verschwunden, ja, einfach weg, aber aus Oslo sind wir immerhin herausgekommen und das Leben konnte auf irgendeine Weise weitergehen.

Zigarettendrehen ist anstrengend. Schlechtes

Licht und entsetzlich dicke Finger. Außerdem habe ich vergessen, auf welcher Seite des Blättchens die Klebekante sitzt. Ich vergesse zur Zeit alles Mögliche. Es ist einfach weg. Nein. Nicht die Vergangenheit. Aber der Zusammenhang zwischen den Ereignissen. Die Verbindungslinien. Wie lange sie nüchtern war? Eine Woche? Einen Monat? Ein Jahr? Nein. Kein Jahr. Einwandfrei kein Jahr. Und ich selber? Das Letzte, was ich möchte, ist, ihr die Schuld für meine Trinkerei zuzuschieben. Aber es ist eine Tatsache, dass ich schließlich in nüchternem Zustand nicht mehr mit ihr zusammen sein konnte. Ich konnte diese Abende nicht ertragen. Wir sendeten auf unterschiedlicher Wellenlänge. Und es war vor allem an diesen entsetzlichen Abenden ... o ja. Nach dem Unfug mit R. K. Wilson wollte sie nicht lockerlassen. Es ging weiter. Es gab immer neue Rollen, denn jetzt hatte sie ihre Arbeitsmethode gefunden, wie sie sagte. Wenn ich stocknüchtern versuchte, ein Buch zu lesen oder mir eine Fernsehsendung anzusehen, konnte mir schwarz vor Augen werden, wenn sie angetrunken und kichernd diesen ewigen Leibeigenen Varg und seine vielen Nachkommen anschleppte. Einmal hatte ich mir aus dem Büro Arbeit mitgebracht, aber sie bestand darauf, dass ich die Rolle des Herzogs Håkon Jarl übernahm. Damals schlug ich zu. Ich habe gelesen, dass Männer, die einmal schlagen, immer wieder schlagen. Aber es blieb bei diesem einen Mal. Ich hatte das Gefühl, damit hinter einen langen verschachtelten Satz einen Punkt zu setzen.

Sie ist verschwunden. Sie hat mich verlassen. Sie ist nicht von der Sorte, die sich schlagen lässt. Ein Schlag. Dort verläuft die Grenze. Sie trocknet sich mit meinem Hemd die Haare, und dann ist sie verschwunden. Ich werde von Panik und tiefer Erleichterung überwältigt. Der Mann mit dem hochgeschlagenen Mantelkragen ist nicht mehr auf dem Heimweg zu Abendessen und Hammer und Säge. Nach Feierabend gehe ich zum Essen ins Hotel Fønix. Ich registriere nicht, was mir vorgesetzt wird. Alles, was ich mache, geschieht in einer Art Dämmerzustand, und zu Hause bleibt fast alles unerledigt. Aber ich befinde mich in mir selbst. Ich bin endlich ich. Das kann mir niemand nehmen. Das Rollenspiel ist zu Ende.

So kann man sich irren. So schlecht kann ein Mann sich selbst kennen. Als die Tage verstreichen, ohne dass sie von sich hören lässt, ertappe ich mich immer häufiger dabei, wie ich einen Dialog mit ihr führe. Gern mit einem Glas in der Hand, an den Flügel oder den Fensterrahmen gelehnt. Nein, keinen Monolog. Ein sprunghafter Dialog. Ich versuche alles zu sagen, was schon zu einem früheren Zeitpunkt hätte gesagt werden müssen. Selbstgerecht und blökend stehe ich da und lasse alles aus mir herausfließen. Aber ich gehe mit mir selbst streng ins Gericht. Grete Reim gibt an der Tür keine Almosen. Wenn ich betrunken genug bin, dann spreche ich mit Henry B. Holm. Und dann geht es heiß her. Dieser Mann wollte den Diamanten schleifen. Ja, ich sehe deutlich vor mir, wie er ihren Diamanten schleift. Ihren kleinen feuchten Diamanten unter Henry B. Holms nikotingelbem Zeigefinger.

Dann schellt eines Nachts das Telefon. Es ist der Nachtportier eines Hotels in Hønefoss. Ich soll sofort herkommen. Grete geht es nicht gut. Die Lage ist ernst.

Ich nehme ein Taxi. Ich habe getrunken und kann mich nicht hinters Steuer setzen. Es ist zwischen zwei und drei und es ist stockfinster. Die ganze Zeit denke ich, dass ich es schaffen muss, sie darf mir nicht sterben. Ich weiß, dass unsere Beziehung in allen Fugen ächzt, ich habe den Verdacht, dass sie sich von Henry B. Holm den Diamanten polieren lässt, aber ich sitze hier in diesem Taxi und bitte Gott um eine weitere Runde, um die Chance, etwas von dem wiederzufinden, was wir einmal gehabt haben. Nicht unsere Jugend, nicht die Unschuld, nicht einmal den Sex. Ich bitte um ihre Stimme, um ihr Lachen, um ihre vielen idiotischen kleinen Unsitten. Ich bitte um eine andere Rolle als diese. Um eine fiktive Rolle. Um eine, die sie zwischen die Einbanddeckel pressen kann.

Vor dem Hotel ist alles ganz still. So, als sei diese Nacht eine ganz gewöhnliche Nacht. Ich bezahle den Fahrer und renne die Treppen hoch.

Der Nachtportier ist bleich und sichtlich erschüttert. Er sagt, sie sei bereits von einem Krankenwagen geholt worden. Er werde mir ein neues Taxi rufen. Er schlägt vor, dass ich derweil auf ihr Zimmer gehe und ihre Toilettensachen und vielleicht ein paar Kleidungsstücke packe. Ich frage, was passiert sei, aber er weicht aus, er sei kein Arzt.

Aber irgendwer muss sie doch gefunden haben?

Ja, er selbst hat sie gefunden. Sie hat einen entsetzlichen Lärm gemacht, aber schließlich hat er ihr Zimmer aufgeschlossen, weil plötzlich alles so still geworden war.

Er gibt mir den Schlüssel und ich bringe die Treppe in den ersten Stock mit langen Sprüngen hinter mich.

Und hier, im Zimmer Nr. 208 in einem Hotel in Hønefoss, gegen Ende der siebziger Jahre, sehe ich nun wirklich die Ruinen alles dessen, was wir aufzubauen versucht haben.

Ich blieb wie erstarrt stehen, als die Tür sich hinter mir geschlossen hatte. Das Zimmer war verwüstet. Zu Schutt geschlagen. Der Fernseher war umgestürzt. Die Vorhänge heruntergerissen. Zwei Lampen waren aus der Wand gezogen worden, sie hingen nur noch an den Leitungen. Das breite Doppelbett hatte

Schlagseite, und als ich die Decke vom Boden hochheben und aufs Bett legen wollte, sah ich, dass sie mit Kot besudelt war. Instinktiv wollte ich sie schützen, wollte den Bezug entfernen und wegwerfen, aber dann fiel mir ein, dass sie ja schon hier in diesem Zimmer gewesen waren. Alle. Der Nachtportier. Die Krankenwagenbesatzung. Der Zug der Ehre war abgefahren. Die Scherben einer zerbrochenen Flasche waren in den weinroten Teppich hineingetreten worden, und ein Stück davon entfernt lag ein einsames Glas. Eine tiefe Leere erfüllte mich. Dieses einsame Glas auf dem Boden erzählte mir von dem Dasein hinter den großen Worten. Da stand ich nun im geheimen Raum meiner Frau und zitterte am ganzen Leib. Ich musste mich energisch zusammenreißen, um für Grete das Nötigste zusammenzupacken. Als ich wieder nach unten kam, unterhielt sich der Nachtportier mit einem jüngeren Mann. Einem Journalisten von der Lokalpresse, wie sich herausstellte. Er war so jung und dermaßen von der Presse, dass er von mir einen Kommentar hören wollte. Ich rannte aus dem Haus und rettete mich in das bereits wartende Taxi.

Der Arzt war kein Mann großer Worte. Er glaubte nicht, dass sie ins Delirium geraten sei, meinte aber, dass sie sich wohl in einen psychoseähnlichen Zustand hineingetrunken hatte.

Ob sie jeden Tag trinke.

Ja. Und schon seit vielen Jahren.

Und Essen? Aß sie?

Unregelmäßig. Und sehr wenig, wenn sie auf Reisen war. Auf Lesereise …

Wie feige ich war. Ich deutete an, sie sei auf Lesereise.

«Tja», sagte er. «So kann das nicht weitergehen. Wir bringen sie diesmal durch, aber ein schwächeres Herz als ihres hätte diese Belastung nicht durchgehalten.»

«Ich verstehe», sagte ich.

«Da bin ich mir nicht sicher», erwiderte er. «Sie trinken selbst auch, oder? Sie haben eine Fahne. Ich kann Sie nicht dazu zwingen, Vernunft anzunehmen, aber ich möchte Ihnen beiden raten, fachliche Hilfe in Anspruch zu nehmen. Sonst werden Sie sich gegenseitig ins Grab trinken.»

Das prägte ich mir ein. Sich gegenseitig ins Grab trinken.

Seit Jahren sitzen wir nun in unseren Stockwerken und trinken uns dem Tod entgegen. Wo sind alle anderen geblieben? Sie sind einer nach dem anderen verschwunden. Wir haben es einfach registriert, und ich zumindest habe niemanden betrauert und niemanden vermisst. Ich kann mich an keine einzige aufreibende Szene erinnern, an kein einziges kraftvolles «Lebwohl», sie verschwanden einfach. In den ersten Jahren, nachdem Grete sich einen Namen gemacht hatte und in allen möglichen Zeitungen und Illustrierten auftauchte, toste das Leben um uns herum, wurde zur siedenden Suppe. Aber es war eine Suppe ohne Substanz, nichts von allem, was passierte, hatte Substanz. Es gab Gartenfeste mit Henry B. Holm und dem übrigen rosa Hofstaat, es gab Presseleute und Prominenz. Es war nicht die Welt unserer alten Freunde, ebenso wenig wie es unsere Welt war. Es war niemandes Welt, und als wir aus Oslo wegzogen, wurde alles viel stiller. Ich empfand kein Bedürfnis, mich meinen neuen Arbeitskollegen anzuschließen, und ich glaube, sie ihrerseits fühlten sich mir gegenüber gehemmt. Ich war doch der, der mit Grete Reim verheiratet ist. Der Kioskkönigin. Mit der, die die Liebe durch das Imperium der Kioskketten definiert. Sie verachteten sie oder bewunderten sie. Je nachdem. Und wo ich auch ging und stand, immer war ich ihr Botschafter. Unsere alten Freunde konnten weder mit unserem Alkoholkonsum umgehen noch mit den Millionen, die auf Gretes Konto strömten. Wir saßen schon nach zwei Jahren mit unseren Schnapsgläsern in einer vollständig abbezahlten Villa, und das auch nur wegen meiner konservativen Einstellung. Ich dachte: Das hier kann nicht von Dauer sein. Aber das war es. Die Jahre verstrichen.

Schon zwei Wochen nach dem Zusammenbruch in Hønefoss wurde Grete in eine Kurklinik in Hadeland eingewiesen. Während dieser zwei Wochen hatten wir beide keinen Tropfen getrunken. Auf die eindringliche Aufforderung des Arztes hin hatten wir alle Pläne auf Eis gelegt.

Wir fuhren eines Sonntags in Richtung Hadeland. Es war ein wunderschön kalter, klarer Wintertag. Ich fuhr; ich legte kein großes Tempo vor, denn ich hatte schon ewig nicht mehr hinter dem Lenkrad gesessen. Grete war natürlich gespannt und nervös, aber wir waren beide in guter Stimmung. Wie früher, wenn wir Zukunftspläne geschmiedet hatten. Mit dem alten Leben sollte jetzt Schluss sein. Hinter uns lagen harte Tage voller Schweiß und Angst, aber jetzt ging es besser. Ich hörte noch die mahnenden Worte des Arztes, aber ich hatte mir geschworen, alles allein zu schaffen. Ich war ja trotz allem keiner, der tagsüber trank. Grete war bei uns diejenige, die sich rund um die Uhr voll laufen ließ. Die Kioskkönigin brauchte Behandlung, und ich würde sie dabei unterstützen. Ich kam nicht einmal auf die Idee, mich bei der Bank beurlauben zu lassen, um selbst trockengelegt zu werden. Trotzdem waren die ersten Nächte ohne Alkohol viel härter gewesen, als ich mir das vorgestellt hatte. Ich hatte nicht schlafen können und war mehr oder weniger im Halbschlaf zur Arbeit gegangen. Grete hatte es natürlich nicht leichter gehabt, im Gegenteil, aber sie konnte immerhin tagsüber ein Nickerchen einschieben. Wir hatten die ganze Zeit Kontakt zu der Kurklinik und sie hatten gesagt, sie könne am ersten Tag auch sternhagelvoll erscheinen, aber sie hatte ihren Stolz, wie sie sagte. Sie zwang sich zur Nüchternheit. Die Erniedrigung in Hønefoss hatte Spuren hinterlassen.

Die Klinik war prachtvoll. Wir mussten beide lachen, als wir vorfuhren, denn das Gebäude schien einem von Gretes Romanen entsprungen zu sein. Ein großer weißer zweistöckiger Herrensitz, umgeben von alten Birken mit frostweißen Kronen.

«Du meine Güte», sagte ich. «Wie nett es sein wird, hier mit einem Glas Rotwein vor dem Kamin zu sitzen.»

«Meine Güte», sagte sie. «Sind wir wirklich schon so lange verheiratet? Du nimmst mir das Wort aus dem Mund.»

Ich war für den nächsten Tag zu dieser idiotischen Unterredung mit dem Personal und anderen Angehörigen eingeladen und durfte deshalb in einem Gästehaus übernachten. Ich lehnte jedoch dankend ab. Ich hatte mir in einem nicht weit entfernt gelegenen Hotel für diese Nacht ein Zimmer gemietet.

Nach dem Abendessen blieb ich noch lange auf. Ich hatte mir einen Kriminalroman mitgenommen, konnte mich aber nicht konzentrieren. Das Zimmer war billig, der Standard entsprechend, es gab nicht einmal einen Fernseher. Ich fand keine Ruhe. Ich dachte, das hier sei die erste wirkliche Prüfung. Die erste Nacht allein, ohne den weichen Nebel im Gehirn. Die beiden ersten enthaltsamen Wochen zusammen mit Grete waren erträglich gewesen, weil wir sie als unser gemeinsames Projekt betrachtet hatten. Wir hatten einander ermutigt und waren auf jede ohne Alkohol verbrachte Stunde stolz gewesen. Wir hatten eimerweise Tee und Mineralwasser getrunken und uns in langen Gesprächen über uns selbst versenkt. Jetzt saß ich in einem ungemütlichen Hotelzimmer und drehte Däumchen. Auf der vereisten Landstraße draußen schlitterte ab und zu ein Auto vorüber, ansonsten war alles still. Nur ich und meine Gedanken, die fast allesamt Grautöne aufwiesen. Und da und dort erkannte ich wirklich, wie weit es gekommen war. Aber zum Teufel, ich wollte mich mit diesem Blödsinn nicht abfinden. Ich wollte der ganzen Welt zeigen, dass ich Stärke und Charakter genug besaß, um dieses Joch abzuschütteln.

In dieser Nacht schlief ich nur wenig, doch dieser Schlaf war von ganz anderer Qualität als der vom Alkohol beeinflusste; ich erwachte ausgeruht und verzehrte ein solides Frühstück. Um neun Uhr trat ich in der Klinik an, wo in kurzer Zeit ungeheuer viel Selbstverständliches gesagt wurde.

Dann fuhr ich nach Hause.

Am nächsten Morgen wurde mir gekündigt.

– 7 –

Das war nun nicht gerade eine große Überraschung. Das kann ich nicht behaupten. Es hatte schon lange Sparmaßnahmen gegeben, in allen Filialen waren Stellen gestrichen worden, und nun waren eben wir an der Reihe. Irgendwer musste gehen, und warum also nicht ich? Ich roch nun einmal nicht so aus dem Mund, wie sich das für einen Bankangestellten gehört, zumindest an Gottes heiligem Werktag. Ich konnte das nicht als übergroße Tragödie auffassen, da einige von denen, die gemeinsam mit mir ihren Hut nehmen mussten, kleine Kinder und große Darlehen hatten. Sie taten mir aufrichtig Leid. Ich hatte trotz allem ein schuldenfreies Haus und eine Frau, die zwei oder drei Millionen auf der Bank und noch weitere zu erwarten hatte. Ich überraschte mich und die Bankleitung sicher ein wenig, als ich meinen Schreibtisch noch am selben Tag leerte und ging. Aber die Vorstellung, die Kündigungsfrist an einem Arbeitsplatz zu verbringen, wo mein Einsatz überflüssig war, sprach mich nun einmal nicht an. Ich nahm also meinen Hut und ging. Im wahrsten Sinne des Wortes. Als ich auf die Straße trat, empfand ich sogar eine Art Erleichterung. Nachdem ich mich zwei Stunden in der Stadt herumgetrieben hatte, ging ich in eine Bar und gönnte mir ein paar Bier. Ich hatte so ungefähr dasselbe Gefühl wie früher, wenn ich als Junge die Schule geschwänzt hatte. Das Bier schmeckte hervorragend. Nach dem dritten Halben merkte ich, wie sich Ruhe in mir ausbreitete. Ich fühlte mich wohl. Später aß ich im Hotel, danach ging ich in den Alkoholladen und kaufte zwei Flaschen irischen Whisky. Ich nahm ein Taxi nach Hause und dachte: Sechs Wochen sind eine lange Zeit. Bei Gretes Rückkehr sollte keine einzige Flasche im Haus sein, das schwor ich mir.

Und an diesen Schwur hielt ich mich. Als sie nach ihrem Aufenthalt auf dem Herrensitz auftauchte, war ich seit drei Tagen nüchtern. Das Haus war sauber und aufgeräumt und das Essen stand auf dem Tisch. Grete sah unverschämt gut aus, aber sie hatte in der Klinik um einiges zugenommen. Wer nicht trinkt, isst.

«Das war das reine Kinderspiel», sagte sie. «Anfangs fand ich es schrecklich, dass alle wussten, wer ich war, aber das ging dann nachher besser. Und wir waren eine nette Clique. Wir werden in Kontakt bleiben.»

Danach erkundigte sie sich nach Neuigkeiten.

«Ich habe meine Stelle verloren», sagte ich. «Das ist wohl das dramatischste Ereignis der ganzen Zeit.»

«Hör doch auf», sagte sie. «Und das erzählst du mir erst jetzt?»

«Ja, wozu hätte ich das denn erzählen sollen?»

Wir sprachen natürlich noch lange darüber, aber Grete reagierte so wie ich – von einer Katastrophe konnte keine Rede sein. «Ich werde mein Konto verlegen», sagte sie. «Zu einer anderen Bank. So kindisch und rachsüchtig möchte ich sein. Übrigens habe ich schon lauter Pläne für ein neues Buch. Diesmal wird es kein Roman.»

«Lass mich raten», sagte ich.

«Lach nicht. Ich will absolut nicht verheimlichen, dass ich eine trockengelegte Alkoholikerin bin. Das wäre ja auch gar nicht möglich.»

«Nein», sagte ich. «Es hat fast genau zwei Tage gedauert, bis die Boulevardpresse es herausgebracht hatte. Offenbar hatte irgendwer aus deiner feinen Clique plötzlich Lust auf tausend Kronen.»

«Leute von *Dagbladet* haben mich nach Hause gefahren. Ich dachte, warum nicht? Ich habe nichts dagegen, für die Klinik Reklame zu machen. Die leisten wirklich gute Arbeit. Und Grete Reims Trinkerei war ja nicht gerade ein Geheimnis. Da braucht es auch kein Geheimnis zu sein, dass ich damit aufgehört habe.»

«Ich an deiner Stelle würde mit diesem Buch noch ein oder zwei Jahre warten», sagte ich. «Bis ich hundertprozentig sicher wäre. Vergiss nicht, wie Bjørneboe öffentlich Abschied vom Alkohol genommen hat.»

«Ich werde nicht rückfällig. Da bin ich mir sicher. Nach diesem Buch gibt es kein Zurück mehr, sonst mache ich mich doch lächerlich.»

Ja, dachte ich. Das ist es ja gerade.

Die Druckerschwärze von «Rückkehr ins Leben» war noch nicht getrocknet, als sie rückfällig wurde. Inzwischen war sie, mit Hilfe von Henry B. Holms unermüdlichem PR-Eifer, in fast allen Medien des Landes zur «ins Leben zurückgekehrten Königin» ausgerufen worden (so eine Überschrift). Das Buch wurde Buchhändlern und Kioskbesitzern aus den Händen gerissen, wie alles, was aus Gretes Feder stammte. Herrgott! Ich hatte Bjørneboes Abschied vom Alkohol erwähnt. Aber was war ein Gedicht in einer Tageszeitung gegen ein Buch von fast zweihundertfünfzig Seiten, gespickt voll mit guten Ratschlägen und Tipps für Leute, die zu viel tranken, dazu seitenweise Berichte über ihren eigenen strahlenden Sieg über das Ungeheuer, das zwei Jahrzehnte hindurch ihr Leben verwüstet hatte? Es war eine Katastrophe und sie ließ sich, sosehr Henry B. Holm das auch versuchte, nicht verhehlen.

Der eigentliche Rückfall geschah ganz und gar undramatisch. An einem frühen Nachmittag kam sie zu mir in den ersten Stock. An sich verließ sie ihr Erdgeschoss nur selten, und deshalb stutzte ich kurz, als ich ihre Schritte auf der Treppe hörte. Sie betrat mein Zimmer und ich konnte sehen, dass sie geweint hatte. «Astor», sagte sie. «Ich kann das nicht mehr ertragen. Ich halte es nicht mehr aus. Ich hole ein Taxi. Wenn es sich beeilt, dann bin ich noch vor Ladenschluss im Alkoholladen. Wenn nicht, dann setz ich mich in die Bar vom Fønix.»

Ich reagierte wie an dem Tag, als mir mein Posten in der Bank gekündigt worden war. Mit Erleichterung. In den Monaten, die seit unserer gemeinsamen Trockenlegung vergangen waren und die ich in Gedanken als «Wüstenwanderung» bezeichnete, hatte es nicht einen einzigen Tag gegeben, an dem ich nicht ununterbrochen an Alkohol gedacht hätte. Ich hatte das für eine Phase gehalten, hatte gedacht, es werde leichter werden, aber es wurde nur schwerer. Ich konnte mich auf gar nichts konzentrieren und nachts starrte ich nur die Decke an. Mein Dasein war ganz einfach grau geworden. Flach. Tagaus, tagein saß ich am Schreibtisch und pusselte mit meinen Briefmarken herum, aber das machte mir keine Freude mehr. Trotzdem hatte ich die Zähne zusammengebissen. Grete zuliebe durchgehalten. Ich wollte nicht derjenige sein, der sie wieder in den Alkoholsumpf hineinführte. Aber jetzt stand sie hier und gab auf. Sie hielt es nicht mehr aus, wie sie sagte. Sie übernahm gewissermaßen die Verantwortung, und deshalb konnte auch ich mich gehen lassen. Es mag sich paradox anhören, aber ich denke noch heute, dass sie die Stärkere von uns war. Sie traf die Entscheidung. Hatte den Mut dazu.

Ich sah auf die Uhr. «Du schaffst den Laden noch. Geh lieber nicht in die Hotelbar, das wäre sicher nicht sehr klug.»

«Findest du das idiotisch von mir?»

Ich zog sie auf meinen Schoß. Der Sessel ächzte unter unserem Gewicht. «Ich liebe dich. Ich liebe nur dich.»

«Und du?»

«Acht Rotwein. Die Marke ist egal, solange du einen guten Bordeaux erwischst.»

Ich hatte die vage Vorstellung, dass ich nicht wieder mit Schnaps anfangen würde. «Aber ich komme einfach mit. Dann brauchst du nicht alles zu schleppen.»

Und so begann unser Abstieg zum Nullpunkt und zur absoluten Betäubung. Wir kamen gegen fünf nach Hause, und wir waren mehr als nur gut ausgerüstet. Der Fahrer musste uns helfen, alles in Haus zu bringen. Grete gab ihm fünfhundert Kronen Trinkgeld. Von da an war er unser Mann. Draußen im Garten senkte sich wieder die Dämmerung. Wir schalteten das Wohnzimmerlicht ein und ließen uns mit unseren Gläsern nieder.

«Wir wollen uns doch keine Illusionen machen», sagte ich. «Bei uns kann wohl kaum von ‹einem guten Glas ab und zu› die Rede sein.»

«Nein», sagte sie. «Das mit den Medien wird jetzt die pure Hölle werden. Aber da kann ich nichts machen. Ich konnte meine Erfahrungen von meiner Zeit auf dem Herrensitz aufzeichnen, aber dann war Schluss. Nicht eine Zeile. Damit kann ich nicht leben. Wenn du mich verlässt, bringe ich mich um, aber so leben kann ich auch nicht.»

«Ich gehe nicht», sagte ich.

Ich hätte auch gar nicht gewusst, wohin. Und außerdem fand ich, dass es mir recht gut ging.

«Das war alles nicht leicht für dich», sagte sie. «Für mich war es auch nicht leicht. Aber von jetzt ab bleibe ich hier. Ich kann einfach nicht mehr an die Öffentlichkeit gehen.»

«Ich finde, du solltest noch einen weiteren Schritt machen», sagte ich. «Ich finde, du solltest die Öffentlichkeit aussperren. Ich habe es jedenfalls restlos satt, in Zeitungen und Illustrierten als Butler der Königin aufzutreten.»

Wir lachten. Wir hatten schon nach zwei Glas einen Schwips. Wir waren einfach total aus der Übung.

«Ja», sagte sie. «Ich gehe ins innere Exil. Dass ich

erst jetzt auf diesen Gedanken komme. Allein die Vorstellung ist schon eine Befreiung.»

Später an diesem Abend rief sie Henry B. Holm an, um ihn über ihre neue Politik zu informieren. Er fiel ihr sofort ins Wort und wollte mit mir sprechen.

«Um Himmels willen, Astor! Was ist denn bloß los?»

«Wir trinken», antwortete ich.

«Ja, das ist mir schon klar. Aber wir gehen die Sache ganz ruhig an, ja? Das ist nur ein einmaliger Rückfall, das ist normal. Kein Grund, es an die große Glocke zu hängen. Ich bin dankbar dafür, dass sie mich angerufen hat, aber wenn sie eine Presserunde verlangt, um das Allerneueste aus ihrem Leben zu erzählen, dann wirst du das verhindern. Ist das abgemacht?»

«Ich werde keinen Finger rühren», sagte ich.

Er stöhnte. «‹Rückkehr ins Leben› verkauft sich wie warme Semmeln! Sie hat sich selbst zur Sprecherin für Zehntausende von Menschen ernannt, die mit demselben Problem ringen – und auch für mich, das kann ich dir noch dazu sagen. Wir können ihre Sauferei noch nicht auf den Unterhaltungsseiten der Boulevardpresse breittreten lassen, das verstehst du hoffentlich.»

Grete stand neben mir und hatte jedes Wort gehört. Sie kicherte. Ich war betrunken und von

Selbstsicherheit erfüllt, und ich sagte: «‹Rückkehr ins Leben› ist schließlich nur der erste Band einer großen neuen Serie. Wenn ich das richtig verstanden habe, dann wird der nächste Band ‹Rückkehr in den Schweinestall› heißen. Und er wird sich sicher noch besser verkaufen als warme Semmeln. Im Grunde fallen doch die meisten Alkoholiker bei ihrem Versuch, das Trinken an den Nagel zu hängen, böse auf die Nase.»

«Na gut. Es bringt offenbar nichts, darüber zu sprechen. Das ist mir schon klar. Ich werde in ihrem Namen alle Termine absagen und erst neue machen, wenn wir sehen, wie die Sache sich entwickelt. Wie gesagt, ein einzelner Rückfall ist noch kein Grund zur Aufregung.»

«Nein», sagte ich. «Hier regt sich ja schließlich auch niemand auf.»

Er legte auf. Ich war blau und blöd und glaubte, einen strahlenden Sieg über den Mann errungen zu haben, der sich die Aufgabe gesetzt hatte, ihren Diamanten zu polieren.

Wir isolierten uns. «Igelten uns ein», wie Grete das ausdrückte. Sie gab keine Interviews mehr. Ich war mit ihr und sonst mit keinem anderen Menschen zusammen. Verbrachte Tage und Nächte vor dem Fernseher oder arbeitete bei gutem Wetter ein wenig im Garten.

Grete traf sich mit Henry B. Holm, was bedeutet, dass sie ihm eine Audienz erteilte, wenn die Geschäfte das verlangten. Sie brach alle sozialen Kontakte ab, abgesehen von einem gelegentlichen Besuch bei der Kapitänsgattin. Aber sie wollte nicht mehr über die Straße gehen, nicht den Haupteingang benutzen.

Und deshalb musste ich durch den Dschungel zwischen den beiden Grundstücken eine Schneise schlagen. Sie entwickelte zweifellos eine Art Verfolgungswahn. Sie war überzeugt davon, dass draußen alle Welt auf der Lauer lag und über sie lachte. Tatsache war, dass Zeitungen und Illustrierten sehr schonend mit ihr umgingen. Meines Wissens wurden ihre Trinkgewohnheiten nirgendwo erwähnt. Dass sie wieder trank, kam natürlich heraus. Aber die Briefe, die sie erhielt, sprachen nur von Sympathie und Mitgefühl. Das weiß ich genau, denn sie selbst öffnete keine Briefe mehr.

Und ich? Nein, ich hatte im Grunde wohl alles satt. Als der Müßiggang mir zur Gewohnheit geworden war, hatte ich das Gefühl, nirgendwo mehr etwas zu holen zu haben. Ich war zufrieden, wenn ich im Sessel sitzen und zusehen konnte, wie mein Körper aufquoll und verfiel. In meinem Kopf war gewissermaßen der Herbst eingekehrt. Ich dachte mir, na gut, das war also dein Ziel. Hier bin ich. Hier sitze ich mit einem Drink in der Hand und meditiere über amerikanische B-Western und mittelmäßige Krimiserien. Das ist schon gut so. Ich dachte, alles sei wirklich gut so.

– 8 –

In meinem Kopf schwirrt eine Hummel herum. Ich bin offenbar wieder eingenickt, meine Armbanduhr zeigt fünf nach zwölf, und in meinem Kopf summt eine schwere, träge Hummel. Ein Auto, dessen Motor im Leerlauf läuft. Oben auf der Straße steht so ein Auto, und das ist nicht normal. Instinktiv strecke ich die Hand aus und lösche die Leselampe. Bleibe im Dunkeln sitzen. Zwischen mir und der Wirklichkeit erhebt sich eine Wand aus Promille, aber die Jahre haben mich gelehrt, durch diese Wand zu schauen. Mit meiner Motorik steht nicht alles zum Besten, das merke ich, als ich mühsam auf die Beine komme, mein Kopf dagegen ist seltsam klar. Ich kippe meinen Drink und gehe zum Fenster. Durch das feuchte Laub hinten beim Tor kann ich Autoscheinwerfer sehen und ich denke nicht mehr an Hummeln, sondern an Feuerfliegen. Dann wird der Motor abgewürgt und die Feuerfliegen sterben. Stimmen. Irgendwer sagt dort draußen in der Nacht etwas, das einen anderen Menschen zum Lachen bringt. Etwas ist witzig, aber ich bin davon ausgeschlossen. Ich stehe nicht zum ersten Mal hier und fühle mich ausgeschlossen. Das ist schon oft passiert. Aber ich habe mich nie gefürchtet, so wie jetzt. Denn es war das Lachen eines jungen Mannes, und dieses Lachen klang nicht froh.

Dann wird es still. Nicht ein Geräusch. Nicht eine Bewegung dort unten im Garten. Ich zähle bis zehn. Ich zähle bis hundert. Ich sage mir, jetzt bist du einfach hysterisch, Astor. Jetzt bist du blöd. Aber als ich mich wieder setze, bleibe ich im Dunkeln sitzen.

Es sind nur alte Erinnerungen, die der Alkohol in der Nacht herausholt. Nicht unbedingt schlechte Erinnerungen, sie machen mir nur ein wenig zu schaffen. Denn obwohl wir einen anderen Rhythmus fanden, nachdem wir hergezogen waren, waren solche nächtlichen Überraschungen nicht gerade eine Seltenheit. Zu den seltsamsten Zeitpunkten stellten sich Menschen ein. Einzelne waren verrückt und hatten sich in Gretes rosa Universum verirrt. Andere waren nur blau, hatten sich Mut angetrunken und in ein Taxi gesetzt, um sich danach der Königin zu Füßen zu werfen. Und wenn sie wach war, empfing sie auch alle. Ich lag dann im Bett oder saß wie jetzt in der Dunkelheit und musste am nächsten Morgen zur Arbeit. Aus dem Erdgeschoss hörte ich Flaschen und Gläser klirren. Nachdem wir das Schild mit der Aufschrift «Besuch unerwünscht» angebracht hatten, kamen nur noch die Verrückten. Aber in einer kleinen Stadt gibt es nicht so viele Verrückte. Ich kümmerte mich um sie und bezahlte ihnen das Taxi zurück in die Stadt. Das war kein Problem.

Ich muss mit Trinken aufhören. Für heute Nacht muss ich aufhören. Das merke ich. Es ist noch früh, aber der Transport der Bewusstlosen lässt mein Blut in einem anderen Rhythmus hämmern. Der Alkohol wirkt stärker. Jetzt noch ein Glas oder zwei und ich schaffe die Treppe nicht mehr. Weder nach oben noch nach unten. Und auf meine alten Tage bin ich ziemlich pingelig geworden. Ich will Ordnung im Haus haben, ehe ich schlafen gehe. Ich will den Tag mit einem gewissen Stil abschließen. Und es ist schlechter Stil, wenn ich mein Abendgebet spreche, solange Grete wie eine Wasserleiche auf dem Küchenboden liegt. Nicht gefährlich, die Kälte wird ihr höchstens eine Erkältung eintragen, aber umso würdeloser. Und ich muss eingreifen. Ich muss dafür sorgen, dass das Essen auf dem Tisch steht, dass die Aschenbecher geleert werden und dass zwei Körper ausgezogen ins Bett gehen (oder geschleppt werden). Das ist vielleicht nicht viel, aber wichtig ist es allemal. So einfach ist das im Grunde. Aber schwierig genug in einer Lage wie dieser. Ich hätte unten bleiben sollen, bis meine Arbeit getan war.

Sie hat mir jenen einen Schlag niemals ganz verziehen. Sie beteuert zwar ziemlich glaubhaft, alles sei vergessen, aber dann ist es doch nicht vergessen. In einem bestimmten Stadium des Rauschs neigt es zum Auftauchen. Du hast mich geschlagen. Weißt du noch, dass du mich geschlagen hast, Astor? Ich hätte dich niemals für den Typ gehalten, der schlägt. Ich habe vorgeschlagen, dass sie sich dieses Erlebnis aus dem Leib schreiben soll. Das ist doch heute angesagt. Der Mann, der schlägt, die Frau, die geht. Ich habe sogar angeboten, ein neues Rollenspiel zu versuchen, natürlich ohne wirklich zu schlagen. Aber nein. Das will sie nicht. Sie scheint diese Erinnerung pflegen zu wollen. Nicht daran rühren. Ich weiß nicht. Vielleicht bewahrt sie sie für ihre Memoiren auf, die sie sicher noch verfassen wird. Und es wird aufs Großartigste beschrieben werden, denn ein Schlag von der armseligen Sorte, wie ich ihr einen verpasst habe, hat in einer Autobiografie nichts zu suchen. Eine schlaffe Hand, die ihr Doppelkinn streift, was ist das schon? Sie wird das Ganze als pure Orgie der Gewalt schildern. Sie wird über das Ungeheuer schreiben, das völlig unerwartet in meiner Gestalt aufgetaucht ist. Mitten im Winter und mitten in der Nacht, weshalb ihr nur eins übrig blieb. Gehen. Weglaufen. Machen, dass sie fortkam. Die Exkremente in der Bettdecke im Hotel in Hønefoss wird sie übergehen. Ich kenne sie.

Eine Autobiografie ... Ich habe mir das wirklich

noch nie überlegt, aber natürlich wird sie eine schreiben. Da bin ich mir ganz sicher. Hat sie schon damit angefangen? Ja. Sie hat immer schon Tagebuch geführt und hat noch dazu ein Gedächtnis wie ein Elefant. Eine Autobiografie wird sich wirklich nicht vermeiden lassen, das geht mir auf, wenn ich mir das jetzt näher überlege. Ein dicker Schinken, vielleicht mehrere. Eine ganze Mauer aus Erinnerungen. Warum fällt mir das erst jetzt ein, warum fürchte ich mich nicht schon längst davor? Denn ich fürchte mich. Wer werde ich in ihren Erinnerungen sein? Welche Rolle habe ich in ihrem Leben gespielt? Ja, welche Rolle war meine wirkliche, in dem Spiel, das zu unserer Ehe wurde? Eine andere als die, die ich gesehen und empfunden habe, aber welche? Werde ich mich in ihrer Darstellung wiederfinden oder werde ich dieselbe Leere verspüren wie sonst, wenn ich später von diesem Wilson und all den anderen Trotteln las, für die ich Modell stehen musste? Jeden Tag unseres Lebens laufen wir umher und sehen unser Gesicht doch immer nur für einen Moment im Spiegel. Kurze, spiegelverkehrte Aufnahmen. Die anderen aber sehen uns, sehen uns von hinten und von vorn und hören außerdem eine andere Variante unserer Stimme als wir selber. Die anderen deuten die Worte, die wir von uns geben. Ich muss an eine Journalistin denken, die vor etlichen Jahren aus Oslo hergekommen ist. Als Vorbereitung auf das Interview mit Grete hatte sie die Archive durchgesehen und wollte ihr Interview gern winkeln, wie sie es nannte. Es hatten Hunderte von Interviews mit Grete allein stattgefunden. Sie wollte uns zusammen interviewen. Ich war in meinem ganzen Leben noch nicht interviewt worden, willigte aber zögernd ein, weil Grete die Idee gut fand. Und auf diese Weise wurde ich um eine seltsame Erfahrung reicher. Ich will nicht behaupten, dass das, was ich gesagt hatte, verzerrt und entstellt wurde, aber es war doch seltsam, schriftlich geschildert zu sehen, wie ein fremder Mensch unsere Begegnung erlebt hatte. Der ganze Artikel enthielt nur einen wirklichen Fehler. Sie gab mir eine Chefposition in der Bank, und das erzählten die Kollegen mir später natürlich immer wieder. Tatsächlich kann ich mich nicht erinnern, dass sie mich überhaupt nach meiner Position gefragt hätte. Und wenn doch, dann hätte ich natürlich die Wahrheit gesagt. Dass ich hinter dem Schalter saß. Aber hatte ich mich dann ihr gegenüber, ganz ohne es selbst zu merken, auf eine Weise verhalten, die in ihr den Eindruck erweckt haben könnte, ich betreibe diese Filiale fast ganz allein? Ich war sehr nervös gewesen, als sie mit ihrem Block vor uns saß, das weiß ich noch. Aber sie hatte mich als Mann, der eine gewisse Autorität ausstrahlt, erlebt und deshalb auch so beschrieben. Oder hatte sie einfach übertrieben? Ein wenig gedichtet, um eine Art König ans Licht zu zerren, da sie schon eine Königin präsentieren konnte? Ich weiß es nicht.

Doch eins steht fest: Grete kann dichten. Ihr Umgang mit der Fiktion ist viel, viel stärker als der mit den Realitäten. Das wurde mir wirklich deutlich, als «Rückkehr ins Leben» im Briefkasten landete. Das Einzige an diesem Buch, was zutraf, war die Behauptung, Grete Reim habe gesoffen wie ein Loch und habe nun eine Therapie hinter sich. Die wirklichen Niederlagen und Blamagen waren getilgt und durch die Sorte Skandale ersetzt worden, die sich für eine Autorin gehören. Sie hat sich im Theatercafé niemals nackt ausgezogen, das weiß ich genau. Soviel ich weiß, ist sie dem Dichter André Bjerke nie begegnet, schon gar nicht auf einer Sufftour durch Kopenhagen. Kein Wort über Kot im Bett oder über sinnlose Morddrohungen, die nachts willkürlich angewählten Fernsprechteilnehmern an den Kopf geworfen wurden. Und ich war nicht dabei. Wurde mit keinem Wort erwähnt. Darüber war ich ja eigentlich erleichtert, aber was habe ich zu erwarten? Zu einer Autobiografie von sagen wir fünfzehn Seiten gehört eine lange Ehe. In wen wird sie mich verwandeln? Welcher Teil meines Wesens lässt sich am besten verkaufen? Wohl kaum der Bankangestellte. Der muss natürlich erwähnt werden, doch ebenso natürlich muss seine Bedeutung heruntergespielt werden.

Jetzt weiß ich es. Es muss der Amateurschauspieler sein. Der Mann mit dem Rollenspiel. Wilson, Varg und Håkon Jarl. Und der Gewalttäter, natürlich. Mir wird schwindlig, wie ich hier sitze, und das kommt nicht vom Alkohol – vom Alkohol wird mir schon lange nicht mehr schwindlig. Doch der Gedanke, dass dieses ganz Private, an dem ich mich nur unter Zwang beteiligt habe, der gesamten norwegischen Bevölkerung vorgelegt werden könnte, widert mich an. Und das ist noch nicht alles. Eine Kioskkönigin, eine Bannerträgerin der Erotik, schreibt keine Autobiografie, ohne gleichzeitig der Sexualität zu huldigen. Sie wird über unsere gemeinsamen Nächte schreiben. Und über die, die sie mit anderen geteilt hat. Aber dann muss ich lachen, ich würge vor Lachen und fühle mich sofort weniger unsicher. Denn unser Sexualleben hat weder in Büchern noch in Illustrierten viel zu suchen. Es war in Ordnung. Absolut A 4. Fast sozialdemokratisch. Damit kann sie unmöglich viele Zeilen füllen. Andererseits: Sie kann ja nun einmal dichten. Kann die Rolle der Tigerin spielen und mir in ihrer Fantasie Gummihose und Peitsche verpassen. Also gibt es doch keinen Grund zum Lachen und ich höre sofort damit auf.

Ein Fenster zerbricht. Unten im Erdgeschoss schlägt jemand ein Fenster ein. Angst jagt durch meinen Körper. Das Geräusch von zerbrechendem Glas, das klirrend zu Boden fällt, und dann wieder dieses Lachen, das so flach und freudlos dahinschwebt.

Na gut. Hier sind wir also. An einem Scheideweg. Das spüre ich. Dass es ein Vor und ein Nach dieser eingeschlagenen Fensterscheibe gibt, ebenso wie es ein Vor und ein Nach diesem Sommerabend vor einem halben Leben gibt, an dem ich Grete Reim zum ersten Mal gesehen habe. Mein Herz schlägt schwer, vor meinen Augen flimmert es. Ich denke: Wieder ein Rollenspiel, aber diesmal wird nicht für den Kiosk gespielt, jetzt sind die Zeitungen an der Reihe. Jetzt ist es ernst.

Ich erhebe mich. Bleibe schwankend stehen. Es ist eine ganze Flasche Whisky zu spät, den Helden zu spielen, und das Telefon steht unten im Erdgeschoss. Dort unten, wo Grete wie geschlachtet auf dem Küchenboden liegt und wo jemand ein leises Gespräch führt. Mit Grete? Nein, Grete befindet sich nicht auf dieser Welt. Jemand redet mit einem anderen und sie haben hier beide nichts zu suchen, suchen jetzt aber trotzdem etwas. Ich weiß nicht, was, aber ich kann getrost mit dem Allerschlimmsten rechnen. Und ich bin ausgeschaltet. Durch Suff und Feigheit. Nichts könnte pathetischer sein als der übergewichtige Ehemann, der im Alkoholnebel aus dem ersten Stock herunterkommt und Gerechtigkeit oder sogar Barmherzigkeit fordert. Andererseits: Habe ich eine Wahl? Kann ich mich jetzt entscheiden?

Ich trete einen Schritt vor und schließe die Tür ab.

Diese Feigheit, die mich so jählings überkommen hat, hat etwas Befreiendes. Ganz still hinter einer verschlossenen Tür im ersten Stock zu sitzen, während diese Füße, vier an der Zahl, erbarmungslos dort unten gehen. Jeder Schritt ist ohne Erbarmen, und Hände und Füße sind an Gehirne und Gemüter gekoppelt, die auf seltsamen Frequenzen senden. Es wird etwas verlangt von dem, der einbricht, der bewusst das Leben eines anderen stört und ummöbliert. Man übernimmt eine Verantwortung, egal, ob man von schlechtem Amphetamin beeinflusst wird oder ganz einfach betrunken und verrückt ist. Ich sehe diese Füße, ausgelatschte Turnschuhe, spitze Stiefel, ich sehe Hände, die Schränke und Schubladen durchwühlen, wo vor kurzer Zeit noch meine eigenen rastlos suchten. Hände auf Buchrücken, jetzt geht ein Regal zu Boden, vermutlich das Ehrenregal am Kamin, das mit den Erstausgaben. «Ein Leutnant für Julia», «Die finstere Tiefe», «Goldene Nächte» und «Der Pastor aus der Vergangenheit». Alles wird getreten, platt getrampelt. Knacken und Bersten, diese überflüssigen Gegenstände werden in Pulver und Scherben umgewandelt, in Fetzen und Splitter. Es ist fast komisch. Im Meer hat es angefangen. Dort in der Tiefe. Ein Leben spendender Impuls. Ausgegangen von Gott oder vom Nichts, das kann ja egal sein. Jetzt kann alles egal sein. Amöbe. Weichtier. Das, was am Ende an die Oberfläche steigt und sich die schwefeldunstenden Ufer hochschleppt. Zweihundertfünfzig Jahrmillionen hindurch wird der Lebensfunke in Atem gehalten, ja, in Atem, es ist reiner Atem, nur eben im Fleisch und Blut der Dinosaurier. Und aus diesem Tier tritt der Mensch hervor, die Natur heckt den Intellekt aus, auf der Erde wird die Zeit der Gedanken eingeläutet. Das, was früher der Mord um der Nahrung willen war, wird gepflegt und entwickelt und zum Mord um der Lust und der Macht willen. Wir bauen Städte und Kulturen, ein Mosaik aus Einzelschicksalen, und dort sitzt Grete Reim und stellt sich und andere in Form von Groschenromanen bloß. Neununddreißig fünfzig im Kiosk an der Ecke. Ich habe Astor wegen seiner Funken sprühenden Schwäche genommen. Wegen seiner charakterlosen Hilflosigkeit. Ich hätte nicht mit einem starken Willen leben können, und deshalb habe ich mir ein Stück Ton gesucht, das ich formen konnte. Das war schnell erledigt. Leicht. Er lungerte an diesem Steg herum und wer dann vom Fjord hereingesegelt kam, das war ich. Ich hatte Millionen von unerlösten Worten im Kopf, ich brauchte einen, der sich um das Praktische kümmern konnte. Meine Kotze wegwischen. Kochen und das Klo putzen.

Unten geht es hoch her. Das höre ich ja. Ob sie wohl aufwacht? Nein, sie schläft bestimmt. Niemand kann so tief schlafen wie Grete Reim nach zwei Flaschen Schnaps. Ich stelle sie mir gern in einem erträumten Paradies vor, in einem Königinnenreich aus Schnaps und Honig. Hier sitze ich nun und beschäftige mich mit der Liebe und sie hat von allem keine Ahnung. Rein gar keine. Die Diskette steckt in meiner Brusttasche. Die Sicherheitskopie, für den Fall, dass alles gelöscht wird und ich selbst die Liebe vergesse. Können noch weitere Fenster eingeschlagen werden? Meine Güte, was hat dieses Haus für Mengen davon. Und sie sind noch immer unten in Greteland am Werk.

In gewisser Hinsicht haben wir uns den Weg hierher erkämpft, seit wir die Neandertaler von unseren Jagdgründen vertrieben haben. Durch die Geschichte hindurch sind unsere Gene bis hierher geklettert, bis zu dieser seltsamen Herbstnacht. Nach uns kommt niemand, unsere Leben können deshalb wohl als vollbracht bezeichnet werden. Es war zwar eine Sackgasse, aber wir haben doch unser Werk vollbracht. Ein Teil von Georgs und Ovidias Bestrebungen endet hier.

Wieder dieses harte, flache Lachen. Aber hat es sich nicht jetzt in den Garten verlagert? Ich stehe auf und kippe um, komme aber wieder hoch, meine Finger sind blutig, nachdem ich meine Stirn berührt habe. Das macht nichts. Es tut nicht weh. Im Grunde umhüllt eine weiche Gleichgültigkeit alles, was ist, und alles, was geschieht. Wir werden geboren und dann sterben wir jeden Tag ein wenig, bis die Sache geschafft ist. Man stürzt auf der Treppe oder hat Krebs oder das Herz … Jemand kommt vielleicht nach Mitternacht zu Besuch.

Wenn ich mich am Schreibtisch festhalte, stehe ich aufrecht wie eine Tanne. Ich trage meine Kilos mit großer Selbstverständlichkeit. Ich kann sie jetzt sehen. Schatten im Schattenland. Es ist so, wie ich geglaubt, oder, genauer gesagt, vor mir gesehen habe. Weiße Turnschuhe vor dem dunklen Rasen. Lichtpunkte, dann eine größere helle Partie, etwas flattert, und ich begreife es, ehe es passiert; es ist die Mitternachtsflagge, die an diesem düsteren Fahnenmast gehisst werden soll. Langsam steigt Grete Reims rosa Unterrock über die Wipfel der Apfelbäume. Ich empfinde … Nichts. Ich bin so leer und flach wie das Lachen dieser Irren.

Sie kommen wieder auf das Haus zu. Kommen zurück. Sie haben die Flagge gehisst und jetzt kann das Fest richtig losgehen. Und so kommt es auch. Musik. Sie haben sorgfältig vermieden, die Anlage zu zerstören und spielen jetzt zum Tanz, etwas von Beethoven, ich weiß nicht, was, von Musik hatte ich noch nie eine Ahnung. Mary McNabs verrückte Zwillingsbrüder sind zu Besuch gekommen und ich habe mich offenbar in mir selbst verirrt.

Schritte auf der Treppe. Das musste ja kommen, warum also nicht jetzt? Die Flagge gehisst und laute

Musik, dann Schritte auf der Treppe, das alles ergibt doch gewissermaßen einen Sinn. Die Flasche ist leer, ich hole eine neue aus dem Karton im Schrank, das ist gegen die Regeln, aber die gelten in dieser Nacht nicht. Ich höre, wie sie näher kommen, höre, wie sie sich von Zimmer zu Zimmer arbeiten, die Fenster zerbrechen, dass die Scherben nur so aufstieben, sie sagen nichts und ihr Lachen ist verstummt. Ich setze mich wieder in den Sessel, ich trinke direkt aus der Flasche, und ich warte geduldig darauf, dass sie aus der Tiefe kommen, durch die Oberfläche brechen. Sie kommen. Sie kommen. Die Türklinke wird nach unten gedrückt, jemand wirft sich gegen die Tür und will herein. Gegen die verschlossene Tür. Die Tür, die mit einem gezielten Tritt geöffnet werden kann. Dann passiert das Seltsame. Nichts. Es wird draußen still, dann entfernen die Schritte sich wieder; steuern die Treppe und Greteland an.

Ich empfinde nichts. Keine Angst. Keine Erleichterung.

Zehn Minuten vergehen. Oder eine Stunde. Ich sitze ganz still in meinem Sessel und trinke. Ich trinke mich zu Sinn und Verstand, so bin ich nun eben. Wenn ich eine Flasche überschreite, dann trinke ich mich wach und kann erst nach der Hälfte der anderen einschlafen. Ich höre ganz deutlich, wie der Wagenmotor angelassen wird, und bald darauf schlurren die Reifen draußen über den feuchten

Asphalt beim Tor. Wieder stehe ich auf und steuere die Tür an. Die Flasche nehme ich mit.

Ich begreife nichts. Empfinde nichts und begreife nichts. Denn als ich den Flur betrete, ist alles wie immer. Die Bilder in ihren Rahmen hängen an der Wand und die chinesische Vase vor dem Gästezimmer ist unversehrt. Ich habe deutlich gehört, wie sie übers Geländer hinunter in die Diele geworfen wurde, aber hier steht sie nun in all ihrer asiatischen Pracht. Die Tür zum Gästezimmer steht offen, das ist immer so, aber als ich hineinschaue, ist alles in bester Ordnung, abgesehen von der eingeschlagenen Fensterscheibe. Und jetzt kommen die Gefühle, genauer gesagt das Gefühl, die reine, pure Erleichterung über die eingeschlagene Fensterscheibe, denn wenn sie unversehrt wäre ... Ich wage nicht, die Treppe auf normale Weise anzugehen. Ich setze mich und mit der Flasche in der Hand lasse ich mich Stufe für Stufe nach unten rutschen. Alles ist da, wo es hingehört. Alles ist unversehrt. Die Gipsbüste von Grete unten auf dem Absatz. Das Foto von ihr am Ufer des Loch Ness. Stufe für Stufe rutsche ich auf eine Wirklichkeit zu, die ich nicht begreife. Der Flur. Die Glasscherben. Beim Anblick der Glasscherben fällt mir ein, dass ich blute, ich blute noch immer, an meiner Hand klebt frisches Blut, nachdem ich meine Stirn berührt habe. Vorsichtig gehe ich ins Wohnzimmer. Auch hier sind die Fensterscheiben eingeschlagen, ansonsten aber ist alles in schönster Ordnung. Das Ehrenregal ist zwar verschwunden und im Kamin lodert das Feuer, aber ansonsten ist alles wie immer. Eiskalter Wind weht durch die Zimmer, aber im Grunde finde ich das nur angenehm. Auf dem Plattenspieler dreht sich eine Platte, doch keine Musik ist zu hören, nur ein leises Klicken, wenn die Nadel die innerste Rille erreicht. Ich reiße die Platte vom Plattenteller und werfe sie aufs Sofa, ich weiß nicht, warum.

Der Küchenboden liegt nackt vor mir. Keine Kioskkönigin. Kein Flickenteppich. Nur die breiten Eichenbretter. Auch hier ist die Scheibe zu Bruch gegangen, auf dem Boden vor dem Kühlschrank liegt ein Mosaik aus Glasscherben. Doch während ich nun hier stehe und mir dieses Elend ansehe, denn es ist ein Elend, trotz der frischen Brise, taucht in meiner Erinnerung ein Bild auf. Nur für einen Moment. Der Anblick des Wassers, das hereinströmte und die Schrift der Rechnungen auflöste, als ich Jagd nach den versteckten Flaschen machte.

Sie liegt im Schlafzimmer. Im Schlafarbeitszimmer. Sie liegt ganz nackt und in ihren fetten Ausmaßen auf der Decke. Blauweiß im Licht des Computers. Ihre schweren Brüste fallen zur Seite, jede auf ihre, an dem breiten Oberkörper, und ihr Geschlecht wird von einem Bauch versteckt, der ihre Oberschenkel berührt. Ihr Gesicht ist sauber und feucht, und sie atmet in kurzen leichten Stößen, ihre Augenlider zittern. Hier liegt sie und träumt sich die Wirklichkeit des Schlafes zurecht.

Tja. Ich träume wohl auch. Träume im wachen Zustand, wenn der Zustand, in dem ich mich befinde, als wach bezeichnet werden kann. Draußen regnet es nicht mehr und der Wind hat sich gelegt. Das einzige Geräusch, das ich hören kann, ist das leise Summen ihres Computers. Aus einem Impuls heraus setze ich mich und klicke mich in die Reihe der Dokumente ein, die in alphabetischer Reihenfolge angeordnet sind. Albin. Ich bin jetzt auf dem Weg in heiliges Land, denn hier bearbeitet sie jeweils das augenblickliche Hauptwerk. Albin ist leer. Alle Dateien sind leer, das geht mir auf, als ich Bio öffne und auch dort vor einem leeren Bildschirm sitze. Die Liebe oder ihre Reste sind hier und jetzt. Keine Umschreibungen. Keine Gemeinplätze oder Metaphern. Sie liegt hinter meinem Rücken und bearbeitet die Eindrücke des vergangenen Tages. Sie weiß nicht, wo sie ist, aber sie ist hier bei mir. Ich ziehe die Diskette aus der Brusttasche und schiebe sie in den Computer. Hole meine nächtlichen Betrachtungen über das Wesen der Liebe auf den Bildschirm und lasse alles in Microsofts unendlichem Weltengewebe verschwinden. Das ist ein gutes Gefühl. Es kommt mir richtig vor. Im Schrank finde ich noch eine Decke und wickle sie hinein. Mehr wollte ich ja eigentlich nicht sagen. Gute Nacht.

Auf dem Flur begegnet mir Tiger. Er hat eine Runde durch den Garten gedreht, der ist sein Revier, das bewacht werden muss. Er ist triefnass und bewegt sich vorsichtig zwischen den Glasscherben, ehe er eine freie Stelle findet, hinten bei der Wand. Dort setzt er sich und fängt an, sich trocken zu lecken. Seltsame Angewohnheit. Sich trocken zu putzen. Zwischendurch betrachtet er mich wachsam, als wolle er fragen, ob ein alter Mann jetzt nicht bald ins Bett gehört. Und das tut er ja. Aber als ich die erste Stufe zum ersten Stock und zum Bett bezwingen will, schaffe ich das nicht. Mein Fuß erreicht den ersten Absatz zur Hälfte, dann ist Schluss. Fast muss ich lachen, das alles ist doch einfach albern. Über den Boden kann ich gehen, aber wenn ich einen Fuß mehr als zehn Zentimeter hebe, bohrt sich mir das Messer in den Rücken. Der Kater geht vor mir die Treppe hoch und hebt seinen Schwanz über seinem rosa Arschloch wie ein Ausrufezeichen.

Es hilft alles nichts. Ich muss tatsächlich bei meiner eigenen Frau schlafen. Über das Sofa bin ich hinaus, das würde mich zum Krüppel machen. Es ist schon seltsam. Ich kann mich nicht daran erinnern, wann ich zum letzten Mal im selben Bett wie Grete übernachtet habe. Es kommt mir geradezu widernatürlich vor, ihr Zimmer zu betreten und mich auszuziehen. Sie liegt noch immer auf dem Rücken und hat jetzt angefangen zu schnarchen. Ich lasse ein

Kleidungsstück nach dem anderen zu Boden gehen. Dann lege ich mich an die eine Wand und schiebe sie auf die Seite, früher hat das immer geholfen, das weiß ich noch.

Sie grunzt. «Sind Sie das, Wilson?»

«Ich habe am See nach den Booten gesehen», sage ich. «Das ist ein grauenhaftes Wetter.»

«Und das Kind?»

«Das Kind habe ich im Loch versenkt. Ganz, wie du es befohlen hast.»

«Ach, Astor», sagt sie. «Hast du mir wieder das Kleid vom Leib geschnitten?»

Dann ist sie weg und ich selbst auch fast. Es ist so still. Es ist Herbst und wir haben bereits Oktober. Ich liege hier und streichle Grete Reims Haare und ich denke, jetzt können sie ruhig zurückkommen. Jetzt werden sie jeden Moment hier sein.

Ingvar Ambjörnsen

Lieb mich morgen

288 Seiten, gebunden mit Schutzumschlag
ISBN 3-502-11939-2

Alles fängt damit an, dass Elling unter Schlafstörungen leidet. Außerdem ist er auch noch eifersüchtig, denn sein Freund Kjell Bjarne ist bei ihm ausgezogen und geht ganz in seiner neuen Rolle als Familienvater auf. Aber dann lernt Elling Elise Kornvoll kennen, die gar nicht Elise heißt, sondern Lone und in einer Würstchenbude arbeitet und außerdem UFO-Forscherin ist. Elling erkennt, dass eine verdrängte Begegnung mit UFOs wohl die Ursache seiner vielen Probleme sein muss. Und vielleicht kann Lone ihn ja retten. Aber zuerst muss Elling die Beziehung von Kjell Bjarne retten, bei dem inzwischen der Haussegen ziemlich schief hängt. Als es schließlich doch zu einem Rendezvous mit Lone kommt, stellt Elling fest, dass das mit der Liebe gar nicht so einfach ist…

Ein wunderbarer Roman voll Situations- und Tragikkomik über die Untiefen des Lebens.